KB103346

30

30

초판 1쇄 발행일_2011년 10월 17일
초판 2쇄 발행일_2011년 11월 18일

지은이_김언수 외
펴낸이_박진숙
펴낸곳_작가정신
121-250 서울시 마포구 성산동 49-9 신한빌딩 5층
전화 (02)335-2854 | 팩스 (02)335-2855
E-mail_editor@jakka.co.kr
홈페이지_www.jakka.co.kr
출판등록 1987년 11월 14일 제1-537호

ISBN 978-89-7288-405-7   03810

Thirty

젊은 작가 7인의 상상 이상의 서른 이야기

김언수 외 지음

작가
정신

바람의 언덕

김 언 수

30……

꽃을 말리는 것은 우리가 하찮아졌기 때문이라고 시인 성윤석은 말했다.
우리는 하찮아졌고
그래서 어느새 꽃을 말린다.

그린란드 이누이트 에스키모들은 80퍼센트가 우울증을 앓는다. 이누이트족의 일부 지역에선 매년 인구 천 명 중 서른다섯 명이 자살을 한다. 이런 끔찍한 자살률은 그 어디에서도 들은 적이 없다. 사람들은 그곳이 신이 금지한 어둠의 땅이기 때문이라고 말한다. 그곳은 한 번 밤이 오면 석 달씩이나 태양이 뜨지 않는 북극의 땅이니까. 하지만 이누이트족의 자살률이 가장 높은 계절은 봄 햇살이 찬란한 5월이다. 이누이트족은 강한 사람들이다. 그들은 영하 40도씩 내려가는 혹독한 기후 속에서, 불도 뗄 수 없는 얼음집에서 수천 년을 살았다. 두꺼운 얼음을 깨서 물고기를 잡았고, 물개와 북극곰과 바다사자와 고래를 사냥했다. 북극에서는 얼음 구덩이에 발이 빠지는 작은 실수만으로도 다리를 잘라야 할 때도 있고 심지어 죽을 수도 있다. 이누이트족은 그 아찔한 동토를 수천 년이나 견뎠다.

이누이트족이 사는 북쪽 그린란드에는 나무가 없다. 그래서 이누이트족은 얼음집 속에 작은 물개기름 램프 하나만을 켠 채 대가족이 모여 산다. 그러므로 사람들의 체온은 친밀함 이상이다. 체온은 얼음집 안의 거의 유일한 난방시설이므로 사람들의 따뜻함은 더도 덜도 말고 정확히 생물학적 의미로 생존과 직결되어 있다. 그들은 유대하고 부대끼고 얽혀서 산다. 그래서 이누이트족은 관대하고, 인정이 많고, 유머 감각도 뛰어나고, 잘 웃는다. 얼음집 안에서의 공존과 평화로움은 절대적이다. 이누이트족은 결코 화를 내거나 다른 사람을 비난하지 않는다. 불평하거나 불만을 말하지도 않는다. 이누이트족은 불평 자체를 금기로 여긴다. 남에게 뭔가를 강요하는 규칙도 없고 심지어 그런 개념조차 없다. 아무도 다른 사람에게 예의 바르게 행동하라고 말하지 않으며, 이래라 저래라 간섭하지도 않는다. 서툰 동정도 서툰 위로도 하지 않는다. 동정이나 위로 그 자체가 상대방에겐 심한 모욕이 될 수 있으므로 사실 간섭할 엄두조차 내지 못한다. 그러니 누가 어떤 상태를 보이든 그저 묵인하며 스스로 견디도록 내버려둔다.

상대방에 대해 어떤 말도 하지 않는 것처럼 이누이트족은 아무도 자신에 대해 말하지 않는다. 자신의 고민에 대해서, 분노에 대해서, 외로움에 대해서, 견딜 수 없는 역겨움에 대해서 말하지 않는다. 이누이트족은 혹독한 환경 속에서 각자 너무나 많은 짐을 지고 있기 때문에 자신의 고민이나 문제 따위를 털어놓아서 상대방에게 짐이 되려고 하지 않는다. 이 거친 북방인들은 모든 문제를 스스로 해결하며 살아왔고 스스로 해결하지 못하면 죽어야 했다. 물개기름 램프가 흔들리는 얼음집 안에서 그들은 아무 말 없이 조용히 생각에 잠겨 있거나 아님 사냥 얘기를 하며 웃고 떠든다. 아무도 서로를 간섭하지 않고 아무도 서로에게 자기 내면의 이야기를 하지 않는 이 얼음집에서, 바다사자와 물개와 고래의 피를 마시고 자란 이 거칠고 뜨거운 사람들은 상냥하고 온순하고 평화롭게 지낸다. 그리고 어느 날 마음에 견딜 수 없는 격정과 우울이 찾아오면 조용히 얼음집 밖으로 나가 혼자서 자살을 한다. 아무도 간섭하지 않고 아무도 자기 자신에 대해 이야기하지 않고, 바다사자와 물개와 고래의 피를 마시고 자란 사람들은 그렇게 죽는다.*

제이가 자살을 한 것은 삼 년 전이었다. 그해 여름에는 유독 많

---

*『한낮의 우울』(앤드류 솔로몬 지음, 민승남 옮김, 민음사, 2004) 중에서. 309~320쪽 요약.

은 사람들이 자살을 했다. 누군가 자살을 하자 또 다른 누군가가 자살을 했다. 그리고 죽은 동생을 따라 그의 누나가 자살을 하기도 했다. 자살의 도도한 전염성. 왜 그렇게들 죽어가는 걸까. 모두들 한순간에 살아가는 데 필요한 최소한의 동력조차 잃어버린 느낌이었다. 사람들이 그렇게 쉽게 죽어간다는 것도, 그렇게 쉽게 죽을 수 있다는 것도, 좀처럼 이해할 수 없었다. 도무지 이해할 수 없었으므로 나는 계속 살았다. 회사에 출근을 했고, 열심히 적금을 넣었고, 연말이면 꼼꼼하게 정리한 영수증을 들고 세금 환급도 받았다. 일주일에 세 번씩은 퇴근 후에 헬스클럽에 가서 러닝머신 위를 달리고 바벨을 들어올렸다. 이 도시에서는 모두들 그렇게 살아가니까.

자살하기 전날 밤 제이는 나를 찾아왔었다. 제이는 꽤나 기분이 좋아 보였다. 실제로 그녀는 오늘은 유난히 기분이 좋다고 내내 호들갑을 떨었다. 나와 제이는 술집을 몇 군데씩이나 돌아가며 술을 마셨다. 제이는 쉴 새 없이 즐거웠던 일들에 대해 떠들어댔다. 주로 그녀의 어렸을 적 이야기였다. 자신이 키웠던 강아지들에 대해, 우리 엄마가 만들어주던 콩국수에 대해, 피아노에 대해, 유치원의 미끄럼틀에 대해, 곰 인형에 대해 그녀는 두서없이 이야기했다. 늘 그랬던 것처럼 제이는 술이 들어갈수록 기분이 더 좋아졌고 역시 늘 그랬던 것처럼 마시면 마실수록 점점 더 많이, 점점 더 빨리 술을 마셨다. 그녀는 과장된 제스처를 취하며 웃었고, 종류를 가리지 않고 술을 주문하고 마셔댔다. 그래서 자정이 될 무렵 나와 제이는 엉망으로 취해버렸다. 제이는 어깨동무를 하고선 비틀거리며 거리를 걷고, 고함을 지르고, 하늘을 향해 깔깔 웃기도 하다가 여관으로 들어갔다. 그리고 우리는 섹스를 했다. 무슨 일이 있었는지 기억도 잘 나지 않는 엉망인 섹스였다.

그때 그녀는 스물아홉이었다. 스물아홉, 어쩐지 자살을 하기에는 애매한 나이다. 하긴 자살을 하기에 적당한 나이가 도대체 어디에 있겠는가. 나는 제이가 그 많은 애인을 두고 왜 마지막 섹스 상대로 나를 택했는지, 지상에서 마지막 날 밤을 왜 하필 나와 보냈는지 오랫동안 생각하고 또 생각했다. 하지만 이해할 수 없는 일이었다. 제이에게는 숱한 남자들이 있었다. 그리고 그 리스트에 언제나 나는 없었다. 적어도 제이에게 나는 아무것도 아니었다. 애인도, 마음을 나누는 친구도, 그 뭣도 아니었다. 냉정하게 말한다면 나와 제이는 우연히 같은 초등학교를 다니고 또 우연히 같은 대학을 다닌, 대학 동기였을 뿐이었다.

아침에 눈을 떴을 때 제이는 여관 화장실에서 노래를 흥얼거리며 머리를 감고 있었다. 무슨 노래였을까. 노래 제목은 기억이 나지 않는다. 제이가 몸을 흔들고 있었던 것으로 보아 경쾌하고 즐거운 노래였을 것이다. 아침에 제이는 기분이 좋았다. 아침에 기분이 좋은 제이를 보는 것은 거의 처음이라고 나는 생각했다. 제이는 밤에는 기분이 좋아지고 아침에는 우울해지는 타입의 여자였다. 하지만 그날 아침에 제이는 계속해서 콧노래를 불러댔다. 내 시선 따위는 아랑곳없다는 듯 팬티도 입지 않고 브래지어도 하지 않은 채 방을 이리저리 돌아다니며 머리를 말리고, 냉장고에서 요구르트를 꺼내 먹고, 담배를 피웠다. 그리고 나에게 "빨리 씻어, 나 배고파" 하고 말했다.

　여관을 나와서 제이는 가방에서 츄파춥스를 꺼내 입에 물었다. 츄파춥스를 꼭 물고 있어서 제이의 발음은 내내 이상했다. "시당 가서 국슈 먹자." 대충 그런 식이었다. 제이는 양화대교를 걸어서 건너가자고 했고 다리를 다 건너면 고춧가루를 듬뿍 뿌린 시장 국수를 먹자고도 했다. 양화대교 중간에서 제이는 잠시 멈춰 서서 서해 쪽으로 흘러가는 강 하류를 바라봤다. 그리고 뒤꿈치를 들어 난간을 잡고 다리 아래로 흐르는 강물도 바라봤다. 나는 강바람을 맞으며 담배를 피웠다. "저녁이었으면 더 좋았을 텐데." 제이가 혼잣말처럼 말했다. 그리고 제이는 나를 향해 고개를 돌리더니 "네게 항상 고마웠어" 하고 말했다. 내가 의아한 표정으로 "뭐가 고마워? 해준 것도 없는데" 하고 시큰둥하게 말했다. 제이는 고개를 흔들며 "아니야, 넌 내게 항상 고마운 캐릭터야. 하지만 어제 섹스는 안 하는 게 좋았을 것 같아. 그치?" 하

14

고 말했다. 내가 머쓱해진 표정으로 "내 잠자리 실력이 별로였구나?" 하고 말했다. 그러자 제이가 쾌활한 미소를 지으며 "응, 꽤나 별로였어. 다음에 다른 여자 만나게 되면 이 말을 명심해, 여자는 정력보다 정성! 힘으로 할 생각 말고 매사 정성을 다하란 말이야" 하고 교사가 학생에게 가르치듯 큰 소리로 말했다. 그리고 제이는 나의 무안해하는 표정이 무척 재미있다는 듯 깔깔깔 웃었다. 나는 "어젠 술을 너무 많이 마셔서 그래, 너무 취해서……" 하고 어물어물 변명을 했던 것 같다.

제이가 강 쪽으로 몸을 조금 더 내밀었다. 강바람에 그녀의 머리카락이 나풀거렸다. "그래도 어젯밤에 너랑 있어서 좋았어, 아주 좋았어." 제이가 아주 다정한 목소리로, 사실은 나에게 하는 말이 아니라 자신에게 다짐하는 것처럼 말했다. 제이는 나를 향해 환하게 웃었다. 그리고 난간에서 몇 발자국 뒤로 물러선 다음 있는 힘껏 달려 양화대교 난간을 손으로 짚고 허공으로 경쾌하게 날아올랐다. 마치 체육수업 시간에 호각 소리에 맞춰 뜀틀을 넘는 아이들처럼 그토록 경쾌하게. 제이는 마치 정지해 있는 새처럼 공중에 잠시 떠 있었다. 그리고 순식간에 강으로 떨어졌다.

나는 아무것도 하지 않았다. 놀라서 소리를 지르지도, 눈물을 흘리지도 않았다. 내가 한 일이라곤 제이가 떨어진 자리에서 동심원이 일어났다가 사라지는 강물을 그저 멍하니 바라본 것뿐이었다. 누군가 그 자리에서 똑같은 상황을 겪는다면 대체로 나와 비슷한 모습일 것이다. 왜냐하면 그 풍경은 격정과 슬픔을 가지기에는 너무나 비현실적이기 때문이다. 꿈속에서 맡은 찔레꽃 향기처럼, 그 향기에 취해 찔레꽃 가시에 찔려버린 손가락처럼, 하얀 꽃잎 위로 뚝뚝 떨어지는 붉고도 붉은 핏방울처럼, 너무나 비현실적이어서 그 풍경 속에는 아무런 냄새도 고통도 없기 때문이다. 나는 비현실이 만들어내는 그 구름 위에 오래도록 서 있었다. 다리 위를 걷던 누군가가 소리를 질렀다. 또 누군가가 휴대전화를 꺼내 119에 신고를 하고, 한 여자가 "이를 어째, 이를 어째" 하고 발을 동동 구르며 자신의 입을 손으로 막고 울기도 했다. 저, 여자는, 지금, 왜, 울고, 있는 것일까? 나는 아무것도 이해할 수 없었다. 아무것도 이해할 수 없었으므로 나는 슬프지도 놀라지도 않았다. 단지 말벌이라도 한 마리 들어앉은 것처럼 내내 귓속에서 웅웅 하고 시끄러운 날갯짓 소리가 들려올 뿐이었다. 아주 오랫동안, 그 날갯짓 소리가 멈추지 않았다. 제이의 시체가 인양되고, 경찰의 조사를 받고, 제이의 장례식이 끝날 때까지 그 날갯짓 소리가 내 귓가를 웅웅거리며 내내 떠나지 않았다.

제이를 처음 만난 것은 열한 살 때였다. 그때 우리 집 앞으로 외국에 살던 제이네 가족이 이사를 왔었다. 1층짜리 단독주택이 몰려 있는 골목에서 유일하게 유럽풍으로 지은 3층짜리 집이었다. 마치 제이네 가족들처럼, 제이네 3층짜리 집은 소시민들이 모여 사는 우리 동네 골목의 그 무엇과도 어울리지 않았다. 나는 제이가 이사 왔던 날을 정확히 기억한다. 내가 학교에서 돌아왔을 때 일 톤 트럭 하나가 간신히 들어올 만한 좁은 골목에 당시로서는 구경도 할 수 없었던 호들갑스런 장식의 가구들, 엄청나게 큰 텔레비전, 전축 스피커, 흰색 그랜드피아노 같은 것들이 잔뜩 놓여 있었다. 제이는 마치 바비 인형 공주님 세트 상자에서 리본을 풀고 막 튀어나온 것 같은 옷차림을 하고서 제 키만큼이나 큰 고래 인형을 가슴에 꼭 껴안고 우두커니 서 있었다. 그리고 영국식 정원 같은 자기 집 정원에 비하면 마치 시골 텃밭 같았던(실제로 마당의 반 이상이 상추나 고추를 심는 텃밭이었다) 우리 집 마당을 호기심 가득한 눈으로 바라보았다. 채소밭을 다듬고 있던 엄마가 제이를 향해 웃어주었다. "예쁘게 생겼구나." 엄마가 말했다. 그러자 제이가 마당 안으로 쑥 들어오더니 자기 가슴에 품고 있는 고래 인형을 자랑하듯 보여주었다. "얘 이름은 고래고래예요." 제이가 말했다. "고래 이름이 고래라고?" 손등으로 이마에 맺힌 땀을 닦으며 엄마가 깔깔깔 웃었다. 제이가 고개를 절레절레 흔들었다. "고래가 아니라 고래고래라고요." 제이가 또박또박 말했다.

엄마는 제이를 좋아했다. 그것은 제이가 특별한 아이였기 때문이 아니라 엄마가 누구에게나 호의를 베푸는 성격이었기 때문이다. 엄마가 싫어하는 사람은 이 지구의 북반구만 따져도 에스키모 남편들을 제외하고는 단 한 명도 없었다(낯선 손님이 오면 자신의 아내를 잠자리에 보낸다는 게 에스키모 남편을 싫어하는 이유였다). 제이도 우리 엄마를 좋아했다. 당연한 일이었다. 모두들 엄마를 좋아했다. 엄마는 밝고 따뜻하고 배려심이 깊은 사람이었다. 적어도 이 지구 북반구에 사는 사람들은 모두 엄마를 좋아했을 거라고, 심지어 에스키모 남편들마저도 엄마를 좋아할 수밖에 없었을 거라고 나는 늘 생각했다. 엄마가 마당에서 화초를 가꾸거나 채소를 다듬을 때면 제이는 자신의 집 대문을 열고 쪼르르 달려나와 재잘재잘 이야기를 하곤 했었다. 수업시간에 들었던 이야기, 선생님에게 칭찬받은 이야기, 냄새 나는 짝꿍 이야기, 미술 숙제에 대한 이야기를 제이는 몇 시간이고 떠들어대곤 했었다. 그리고 시간이 지나자 마당뿐만 아니라 부엌에서도 거실에서도 안방에서도 참새처럼 엄마에게 한없이 조잘대고 있는 제이의 모습을 볼 수 있었다. 저녁을 먹고, 과일을 먹고, 어린이에게 할애된 텔레비전 프로그램이 다 끝나고, 어린이가 봐도 혼나지 않을 것 같은 〈전원일기〉 같은 드라마가 다 끝날 때까지 제이는 좀처럼 돌아가지 않았다. 엄마가 "어머님이 걱정하시겠다" 하고 말을 건네야 제이는 할 수 없다는 듯 어깨를 축 늘어뜨린 채 내가 보기에 부족한 것이 하나도 없어 보이는 궁전 같은 집으로 돌아갔다.

　나와 제이는 동갑이었고 같은 초등학교를 다녔다. 그래서 아침마다 제이는 나와 같이 등교했고 방과 후에는 같이 돌아왔다. 생각해보면 같은 골목에 산다고 꼭 같이 등교를 하거나 수업을 마치면 철봉 앞에서 기다렸다가 같이 돌아와야 할 필요는 없었다. 하지만 제이와 나는 초등학교를 졸업할 때까지 늘 같이 등교했고 또 수업을 마치면 같이 집으로 돌아왔다. 그것은 제이가 외국에서 살다 와서 많이 낯설어하므로 나와 함께 다니면 좋겠다고 제이 엄마가 우리 엄마에게 간곡하게 부탁을 했기 때문이었다. 아니, 정확히 말하자면 제이네에서 일하는 아줌마가 우리 엄마에게 간곡하게 부탁을 했기 때문이었다.

　이사를 온 뒤로 제이 엄마를 본 사람은 동네에서 아무도 없었다. 제이 엄마는 집 밖으로 나오지 않았다. 심지어 정원사가 그토록 정성 들여 가꿔놓은 정원을 거니는 법도 없었다. 아주 간혹 제이를 따라 집에 들어갔을 때나 긴 실크 원피스 잠옷을 입은 채로 창가 흔들의자에 앉아 멍하니 창밖을 바라보고 있는 제이 엄마를 볼 수 있을 뿐이었다. 그녀는 시들어가는 백합처럼 힘이 없어 보였고 늘 위스키가 가득 든 온더록스 잔을 한 손에 들고서 버지니아 슬림 담배를 피우고 있었다.

제이는 집에 있는 것을 싫어했다. 그래서 제이는 어둠이 오기 전에는 골목에서 나와 놀았고 어둠이 오면 우리 집에서 놀았다. 제이네 정원의 넓고 근사한 잔디밭은 푹신푹신해서 놀기 좋았지만 제이는 그곳에서 놀고 싶어 하지 않았다. 그래서 제이와 나는 골목에서 놀았다. 먼지 나는 골목 바닥에 퍼더앉아 둘이서 주사위를 던지며 부루마블을 하고, 둘이서 오징어달구지를 하고, 둘이서 숨바꼭질을 했다.

중학생이 되면서 나와 제이는 급격히 서먹서먹해졌는데 그 이유는 정확히 모른다. 아마 제이도 그 이유를 모를 것이다. 당시에는 지금처럼 남녀공학이 흔치 않아서 대부분 무슨 남중이니, 무슨 여중이니 하는 식으로 남자와 여자가 확실히 구분되어 학교를 다녔다. 나는 남자 중학교를, 제이는 여자 중학교를 다녔다. 더 이상 같이 등교할 일이 없어진 것이다. 그리고 어느 순간부터 제이는 나에게 말을 걸지 않았다. 마치 중학교 교복을 입으면 이제 소꿉놀이 따위는 집어치우고 여학생과 남학생은 서로를 소 닭 보듯 해야 한다는 엄격한 교칙이라도 있는 것처럼.

제이가 먼저 입을 다물었는지 내가 먼저 입을 다물었는지 그 것은 잘 기억나지 않는다. 어쨌거나 그것이 아주 이상한 일은 아니었다. 아무 일도 아니라는 듯, 대개 사춘기가 되면 그렇다는 듯 시간이 흘러갔다. 꽤나 시간이 흘러가버리자 어쩐지 나는 이제 제이에게 말을 거는 일이 쑥스러운 일이 아니라 불가능한 일처럼 느껴졌다. 중학교를 졸업하고 고등학교 1학년을 마칠 때까지 나와 제이는 단 한 번도 말을 나누지 않았다. 어쩌다 골목에서 마주치는 일이 있으면 무뚝뚝하게 목례를 하고 각자의 집으로 들어갔다. 그리고 어느 날 내가 야간자율학습을 마치고 학교에서 돌아왔을 때, 제이는 온다 간다 말도 없이 다른 곳으로 이사를 갔다.

꽃을 말리는 것은 우리가 하찮아졌기 때문이라고 시인 성윤석은 말했다. 아마도 90년대 초반의 학번을 가지고 대학을 다닌 사람들은 이 말이 자기들에 대한 이야기라고 생각할지도 모르겠다. 생각해보면 드라이플라워 같은 시절이었다. 그래서 갑자기 하찮아진 세계를, 또한 그래서 갑자기 하찮아진 대학을, 아니라면 '처음부터 우리는 하찮았던 것 아닌가?' 하고 자문하던 자신들의 세대를 또렷이 느낄 수 있는 시절이었다. 우리는 앞 세대 선배들처럼 전사적이지도 못했고 후배들처럼 세련되지도 못했다. 마치 꽃샘추위처럼, 봄옷을 입기에는 너무 이르고 두꺼운 겨울 외투를 입기에는 이제 지겨운, 애매한 시절에 태어난 세대라고나 할까.

겨울 외투는 던져버렸는데 봄꽃은 아직 필 생각도 하지 않는,

그토록 난감하고 그토록 황량한 3월이었다. 새 학기가 시작되는 교정에서 나는 제이를 다시 만났다. 내가 신입생 수강신청을 하고 문리대 앞 벤치로 나왔을 때 제이가 서 있었다. 그 특유의 도도한 표정으로 온 사방으로 아무것에도 흥미가 없다는 시선을 툭 던지면서 제이가 서 있었다. 물론 제이가 나를 기다리고 있었던 것은 아니었을 것이다. 문리대 앞 벤치는 하릴없이 얼쩡거리기 좋은 곳이고 그래서 누구나 쉽게 우연이라는 이름으로 만날 수 있는 곳이었다.

나는 신입생이었지만 그때 제이는 이미 2학년이었다. 내가 재수를 해서 한 해 늦게 대학에 들어갔기 때문이다. 제이와 같은 대학, 같은 학과를 다니게 된 것에는 그 어떤 특별한 이유도 없었다. 그것은 그저 우연한 일이었다. 그저 우연한 일이었으므로 나는 별로 놀라지도 대수롭게 생각하지도 않았다. 단지 공부를 꽤나 잘한다고 믿었던 제이의 성적이 나처럼 그저 그랬다는 것과 제이가 독문학에 관심이 있었다는 것이 의아했을 뿐이었다. 나는 독일어에도 독문학에도 전혀 관심이 없었다. 내가 독문학과에 입학하게 된 것은 1지망에 지원한 학과에서 떨어지고 아무렇게나 쓴 2지망에 덜컥 걸렸기 때문이었다. 사실 1지망에 지원한 학과에 걸렸다고 해도 사정은 비슷했을 것이다.

제이는 내 손에 있는 수강신청서를 무심히 보더니 알 듯 모를 듯 희미한 미소를 지었다. 그리고 지난 칠 년 동안 나와 제이가 단 한 번도 서로에게 말을 건넨 적이 없었다는 사실을 잊었는지, 아니라면 이제 그런 것 따윈 제이에게 아무 상관도 없는 건지 "수강신청 끝냈으면 나랑 술 마시러 가자" 하고 말했다. 마치 어제 술자리에서 헤어진 친구에게 "속은 좀 괜찮아?" 하고 묻는 것 같았다. 나는 고개를 갸웃거리며 시계를 보았다. 오전 열 시가 조금 넘은 시간이었다.

"지금? 지금은 아침인데?" 내가 의아한 표정으로 물었다.

"너는 아침에는 술 안 마시니?" 제이가 물었다.

"대체로 아침에는 누구도 술을 마시지 않아." 내가 무덤덤하게 말했다.

제이가 윗니로 아랫입술을 살짝 깨물고 무슨 생각을 하는 듯 고개를 끄덕거리더니 나를 향해 빙긋 웃었다.

"너는, 여전히 건전하구나." 제이가 말했다.

그리고 온다 간다 말도 없이 이사를 떠났던 것처럼 인사도 없이 도서관 쪽으로 터벅터벅 걸어가버렸다. 그게 칠 년 만에 제이와 나눈 대화의 전부였다. 나는 제이의 뒷모습을 어처구니없다는 표정으로 보다가 혼자서 눈이 녹아 질퍽한 캠퍼스를 내려왔다. '여전히 건전하다니, 칭찬인가?' 하고 나는 속으로 물었다. '그럼 칭찬이지, 예전에도 건전했고, 지금도 이렇게 건전하다는 말인데.' 내 속에 있는 또 다른 얼굴이 비아냥거리듯 말했다.

　대학에서 만나는 제이는 어릴 때 같이 놀던 제이와도, 어쩌다 집 앞 골목에서 어색하게 마주치던 제이와도 달랐다. 제이는 여전히 예뻤지만 어딘가 모르게 시들어 있었다. 보다 정직하게 말하자면 제이는 망가져 있었다. 마치 창가에서 위스키 잔을 들고 커튼처럼 희미하게 흔들리던 제이 엄마처럼, 제이는 벌써 중년의 여자 같은 상실의 표정을 지니고 있었다. 이제 겨우 스무 살짜리 여자애가 어떻게 그런 느낌을 풍길 수 있는지 나는 이해할 수 없었다. 제이는 모든 걸 하찮게 만들고 싶어 하는 것 같았다. 그리고 자신이 하찮게 만들어놓은 세계에서 스스로도 한없이 하찮아지고 싶은 것 같았다. 시인의 말이 옳았다. 꽃을 말리는 것은 우리가 하찮아졌기 때문이다. 우리는 하찮아졌고 그래서 꽃을 말렸다.

　그 외에도 이해할 수 없는 것투성이였다. 제이는 거의 언제나 취해 있었다. 제이는 대학가 앞에서 벌어지는 거의 모든 술자리에 앉아 있었고 술을 마시면 반드시 취했다. 그리고 술에 취하면 아무나하고 섹스를 했다. 제이에게는 항상 공개적인 애인이 있었지만 애인이 아니어도 상관없이 섹스를 했다. 제이의 공개적인 애인이 화를 내거나 제이에게 간섭을 하면 제이는 애인을 차버리고 또다시 관용이 넘치는 애인을 찾았다.

아침이면 여기저기서 수군거리는 소리를 들을 수 있었다. 반반한 여자의 문란한 성생활은 문리대 앞 벤치에서 떠들어대기 좋았다. 소문은 4월의 캠퍼스로 흐드러지는 벚꽃들처럼 가볍고 무성했다. 누군가는 제이가 저렇게 된 것이 중학교 때 자신의 친아버지에게 강간을 당했기 때문이라고 말했고, 누군가는 여고 시절에 깡패들에게 윤간을 당했기 때문이라고도 했고, 또 누군가는 모 운동권 선배가 제이를 임신시키고 배신을 했기 때문이라고도 했다. 어떤 놈들은 제이가 성욕을 억제할 수 없는 특이 유전자를 가지고 있어서 아무리 노력해도 그 모양 그 꼴이라는 말도 했다. 소문은 꼬리에 꼬리를 물고 수없이 증식해갔다. 우연히 교양 강좌에서 제이와 같은 수업을 들을 때면 뒷자리에서 남자들이 수군거리는 소리를 들을 수 있었다. "쟤가 바로 그 유명한 애야." 학교에서는 제이의 섹스 스캔들이 항상 흘러넘쳤고 어느 순간부터는 스캔들이라 하기에는 너무 많고 하찮아서 놀라움의 대상도 아니었다.

실제로 끝까지 술만 마셔줄 수 있다면 누구나 제이와 잘 수 있었다. 제이는 나를 제외하고 나면 그 어떤 사내와 자도 상관없는 것 같았다. 제이는 술자리에서 과장된 몸짓을 했고, 술을 마시면 쉴 새 없이 수다를 떨었고, 큰 소리로 웃었고, 결정적으로 술을 너무 빨리 마셨다. 제이가 술에 취하면 옆자리의 눈치 빠른 남자가 제이를 챙겼다. 뻔뻔스럽게, 욕정에 취해서, 같은 방향이니 자기가 안전하게 데려다주겠다는 구역질 나는 멘트를 날리면서, 몸도 제대로 못 가누는 제이를 거의 끌고 가다시피 여관으로 데리고 갔다. 하지만 제이를 부축해서 나가는 그 사내를 내가 막을 수는 없었다. 막을 수 있는 무언가가 나에겐 없었다. 없다고 나는 생각했다. 제이는 성인이었고, 인생이나 윤리 따위를 들먹이기에 제이는 지나치게 똑똑했다. 게다가 나는 애인도 뭣도 아니었다. 그때마다 어떤 모욕감이 목구멍을 타고 올라왔다. 이따금 여관 골목 앞에서 제이가 남자에게 한 잔만 더 하자고 애걸하는 모습을 볼 수 있었다. 그러면 남자는 알았어, 알았어 하고 헛말로 달래며 비틀거리는 제이를 여관 안으로 데리고 들어갔다.

나는 마른 바람이 불어오는 골짜기에 서 있었다. 그곳에는 아무것도 피어나지 않았다. 건조하고 황량한 바람이 가뜩이나 말라 있는 대지를 비틀어 물기를 쥐어짜는 기분이었다. 나는 화가 났고 무엇보다 슬펐다. 무엇 때문에 너는 화가 나 있느냐고, 나는 종종 자신에게 물었다. 제이와 너는 단지 같은 골목을 사이에 두고 자란 동네 친구일 뿐이라고, 나는 자주 자신에게 최면을 걸듯 말했다. 그리고 그 최면은 효과가 있었다. 건조한 바람이 대지를 사막으로 만들듯, 작은 사막이 큰 초원을 잡아먹듯 제이와의 촉

촉했던 유년의 기억들도 점점 말라갔다. 점점 말라가서 다행이라고, 햇볕에 걸어둔 빨래처럼 어서 빨리 마르라고 나는 생각했다.

제이의 애인은 점점 더 자주 그리고 점점 더 빨리 바뀌었다. 제이의 애인이 된다는 것은 문리대 벤치에서 가장 더럽고 추악한 소문의 주인공으로 등장하는 일이었다. 누가 그따위 추잡한 소문의 주인공이 되고 싶겠는가. 그러므로 제이의 애인들은 여러 여자들과 잠을 자는 것을 마치 훈장처럼 생각하는 바람둥이거나, 술자리에서 싸구려 연민으로 제이에게 다가갔다가 뒤늦게 소문에 놀라 화들짝 도망을 치는 얼간이거나, 청춘과 방황이라는 유치한 이름으로 자신의 인생을 시궁창에 던져놓은 놈팡이들이 대부분이었다. 그리고 그들 중 누구도 충동적이고 자기 파괴적이고 우울한 제이를 견디지 못했다. 어쩌면 견디지 못했던 것은 그들이 아니라 제이였을지도 모를 일이다.

정오 무렵이면 아직 술이 덜 깬 제이가 푸석푸석한 얼굴로 학교에 왔다. 나는 제이에게 아침은 먹었느냐고 종종 물었다. 제이는 늘 고개를 저었다. 그러면 나는 제이를 데리고 학교 앞 시장 골목으로 콩나물해장국을 먹으러 갔다. 너무 가깝지도 않고 너무 멀지도 않게, 그토록 어정쩡한 거리를 유지한 채 나와 제이는 시장까지 걸었다. 당시에 나는 제이에게 또한 자신에게 그리고 학교 사람들에게 제이와 내가 초등학교 동창 이상의 그 무엇도 아님을, 내가 제이에 대해 그 어떤 성적인 끓는점도 없다는 것을 증명하고 싶었는지도 모른다. 그래서 시장으로 밥을 먹으러 함께 내려가는 길에서 나와 제이는 둘 다 별말을 하지 않았다.

술이 깬 다음 날이면 제이는 히스테릭해졌다. 제이는 작은 일에도 짜증을 부렸고 뱃속에다 뭔가를 집어넣으면 금방 구토를 했다. 누군가를 향해 독설을 내뱉었고 허공의 한 점을 말없이 응시하다가 울기도 했다. 컵을 움켜쥐고 있는 손을 식탁 위로 내려쳐 피를 흘리거나, 지나가는 행인에게 마구 욕설을 해서 싸움이 붙는 일도 다반사였다. 그때마다 나는 제이를 말려야 했고 약국으로 뛰어가서 소독약과 연고와 붕대를 사와야 했다. 짜증스럽고 신경질적인 제이는 언제나 내 몫이었고 발랄하고 유쾌하고 깔깔거리며 게다가 섹시하기까지 한 제이는 언제나 눈치 빠른 사내들의 몫이었다. 하지만 짜증스럽고 신경질적인 제이가 내 몫이어서, 걸레 같은 제이의 애인이 내 몫이 아니어서, 다행이라고 나는 생각했다. 해가 바뀌고, 다시 벚꽃이 피고, 신입생들 사이에서 이제는 전설처럼 굉장해져버린 제이의 소문이 문리대 벤치에 무성해질 때, 제이와 아무 사이도 아니어서 참 다행이라고, 정말 다행이라고 나는 생각했다.

제이는 꽤나 자주 정신과 치료와 상담을 받았고 알코올중독 치료도 받았다. 아버지에게 끌려 몇 번이나 정신병원에 강제입원을 당하기도 했다. 하지만 아무리 많은 항우울제와 상담으로도 제이를 멈추게 할 수 없었다. 제이는 입원했다가 퇴원하고 다시 술을 마시고 입원하기를 반복했다. 병원에 입원했다가 퇴원할 때마다 제이는 나아지기는커녕 한 단계씩 더 깊은 수렁으로 추락했다. 인간은 자신이 보낸 시간과 결코 이별할 수 없는 법이다. 제이는 자신이 보낸 시간을 혐오했다. 제이는 다른 사람들에게 아름다운 존재이기를 바랐지만 이미 너무도 무성해진 소문과 성처럼 단단한 시선들의 틈바구니 속에서 조금씩 질식해가고 있는 것 같았다.

스웨덴 유학을 준비할 때 제이는 잠시 반짝거렸다. 도서관과 어학실을 들락거리며 열심히 영어와 스웨덴어를 공부했다. 비록 짧은 기간이었지만 술도 전혀 마시지 않았다. 종종 밤늦은 시간까지 도서관 구석에 앉아 귀에 이어폰을 꽂고 스웨덴어 사전을 넘기는 제이를 볼 수 있었다. 그 여름 내내 제이는 아무도 만나지 않고 혼자서 묵묵히 도서관을 다녔다. 그토록 힘이 넘치고 활기찬 모습은 열한 살 때 우리 집 텃밭에서 엄마에게 쉴 새 없이 재잘대던 시절 이후 처음이라고 나는 생각했다. 제이는 아무도 자신을 알지 못하는 곳에서 조용한 생을 보낼 수 있다는 사실에 대해 대단히 들떠 있는 것 같았다. 여름이 지나자 제이는 현지에서 어학연수부터 하겠다며 스웨덴으로 떠났다. 내가 언제 돌아올 거냐고 물었을 때 제이는 피식 웃으며 다시 한국으로 돌아오지 않을 거라고 단호하게 말했다. 다행이었다. 제이에게도 다행이고 나에게도 다행이었다. 그리고 가을 학기가 시작되기 일주일 전쯤에 제이는 스웨덴으로 떠났다.

하지만 제이는 스웨덴에서 고작 육 개월도 못 버티고 한국으로 돌아왔다. 내가 왜 이렇게 빨리 돌아왔느냐고 물었을 때 제이는 자조적으로 웃으며 너무나 외로워서 돌아왔다고 말했다. 그러니까 제이는 너무 외로워서, 너무나 외로워서 돌아왔다. 이 빌어먹을 나라와 거지 같은 대학과 쓰레기 같은 사내들의 품으로, 구역질 나는 위로와 싸구려 연민과 가짜 친절이 넘쳐나는 술집으로 그리고 화장실에 버려진 콘돔처럼 지저분하고 역겨운 섹스가 가득한 후미진 여관 골목으로 제이는 돌아왔다. 너무나 외로워서. 너무도 외로워서 말이다.

제이의 장례식은 쓸쓸했다. '죄송합니다. 고인의 뜻으로 부의는 받지 않습니다'라고 팻말이 붙어 있는 장례식장 입구에는 아무도 보이지 않았다. 제이의 부모님도 보이지 않았다. 웃고 있는 제이의 사진 아래에 누군가 놓은 세 송이의 국화가 있었다. 누가 놓았을까. 가늘게 피어오르는 두 개의 향이 아슬아슬해 보였다. 제이는 이미 죽어버렸는데 대체 무엇이 아슬아슬하냐고, 나는 생각했다. 상조회사에서 나온 아줌마 셋이 할 일이라고는 전혀 없는 주방에서 수다를 떨고 있었다. 내가 절을 하고 자리에 앉자 아줌마 한 명이 육개장과 돼지머리 고기를 내주었다. 아줌마가 술이 필요하냐고 물었으므로 나는 술은 필요 없다고 말했다. 나는 제이가 웃고 있는 사진 아래서 육개장 한 그릇을 남김없이 먹고 텅 빈 장례식장을 나왔다. 7월이었고 태양이 뜨거웠다. 검정색 양복 때문에 유난히 뜨겁게 느껴지는 도로를 나는 한참 동안 걸었다. 제이의 장례식장에 낮에 들러서 다행이라고, 사람들과 마주치지 않아서 다행이라고 나는 생각했다. 그리고 회사로 돌아가서 늦게까지 일을 했다.

명훈이 회사로 찾아온 것은 제이가 죽은 지 열 달쯤 지났을 때였다. 명훈은 제이의 마지막 애인이었다. 명훈의 방문은 꽤나 의외였고 꽤나 의외여서 나는 당황스러웠다. 나는 요즘 어떻게 지내느냐는 형식적인 질문을 했고 명훈은 "그냥요, 그냥 지내고 있어요" 하고 말했다. 내가 "취직은?" 하고 물었을 때 명훈은 원망스러운 표정으로 내 얼굴을 한참이나 노려보다가 지금으로선 아무것도 하지 않고 있고, 또 아무것도 하고 싶지 않다고 말했다. 나는 별 의미도 없이 고개를 끄덕였다. 명훈이 "여기서 기다릴게요. 천천히 일 다 보시고 나오세요" 하고 말했다. 명훈의 말은 마치 명령 같았다.

명훈은 착한 놈이었다. 명훈이 얼마나 착한 놈이었냐 하면 사람에게는 말할 것도 없고 심지어 거북이나 은행나무, 바위에게까지도 착한 놈이었다. 언젠가 명훈이 도서관 앞에서 이야기를 하다가 실수로 바위 위에 커피를 쏟은 적이 있었다. 그러자 명훈은 자신의 손수건에 물을 적셔 와서 바위에 떨어진 커피 자국을 닦았다. "뭘 그런 것까지 닦니?" 누군가 핀잔을 주듯 말했다. 그러자 명훈이 해맑게 웃으며 "그냥 가면 바위가 얼마나 불쾌해하겠어요. 게다가 바위는 손이 없어서 자기 힘으로 씻지도 못하는데" 하고 말했다. 아무도 바위 따위의 불우에 대해서 생각하지 않는다. 하지만 명훈은 바위의 불우에 대해, 바위에게 손이 없어서 혼자서 씻을 수 없다는 실로 놀라운 사실에 대해 생각했다. 명훈은 그런 놈이었다. 제이가 스웨덴에서 돌아왔을 때, 그리고 잠적과 강제입원과 휴학을 반복하다가 다시 학교에 돌아왔을 때, 명훈은 제이의 애인이 되었다. 이제는 많이 시들해졌지만 그래도 이따금씩 술자리에서 안주 삼아 떠들기엔 더없이 좋은 추문인 '제이의 밤 생활 편'의 남자 주인공이 된 것이다. 제이는 여전히 술을 많이 마셨고 아무나하고 잤다. 하지만 명훈은 소문의 주인공으로, 정신 나간 제이의 얼간이 애인 역으로 당당하고 착하게 올라서서 제이가 죽을 때까지, 그리고 제이가 죽고 나서도 의연히 그 자리를 견뎠다.

오랫동안 애인으로 지냈지만 명훈은 제이와 섹스를 하지 않았다. 제이가 죽은 날 아침에 말해줬다. "명훈이는 나와 섹스를 하지 않아. 바지 위로 불쑥 솟아 있는 딱딱하게 발기된 성기를 어쩔 줄 몰라 하며 잠자는 척을 해. 걔는 도대체 뭘 참고 있는 건지 모르겠어." 그날 아침, 제이는 어디쯤에서 그런 말을 했을까. 발가벗고 여관에서 머리를 말리면서? 아니면 양화대교를 건너가면서? 정확히 기억이 나지 않았다. 하지만 그 말을 할 때 제이의 표정은 쓸쓸하고 슬퍼 보였다. 그러게 명훈이 그놈은 도대체 뭘 참고 있었던 것일까, 하고 나는 생각했다.

퇴근을 하고 나왔을 때 명훈은 낮에 만났던 그 자리에 그대로 서 있었다. 나는 명훈을 참치집으로 데리고 갔다. 그리고 일 인분에 12만 원이나 하는 참다랑어를 시켰다. 하지만 도마 위에 놓인 참다랑어 뱃살이 축 늘어질 때까지 명훈은 단 한 점도 먹지 않았다. 명훈은 말없이 자기 앞에 놓인 소주잔만 비웠다. 요리사가 난감한 표정으로 나와 명훈 앞에 서 있었다. 명훈은 소주 한 병을 다 비우고 나서야 나에게 얼굴을 돌렸다. 주먹으로 내 얼굴이라도 한 대 칠 기세였다. 하지만 기세와 다르게 잔뜩 긴장한 것은 오히려 명훈이었다. 명훈이 힘겹게 입을 열었다.

"제이의 죽음을 두고 꼭 진실만 말하겠다고 약속해주세요."

나는 그러겠다고 했다.

"형도 제이와 잤어요?"

명훈의 목소리가 간절했다. 인생을 살다 보면 건너뛰고 싶은 난감한 순간이 있다. 그 순간이 그랬다. 나는 소주잔을 비웠다. 그리고 명훈의 얼굴이 아니라 축 늘어진 참다랑어 쪽으로 시선을 돌렸다.

"그래, 잤어." 내가 말했다.

명훈과 마주 보고 있지 않아서, 명훈의 눈을 보지 않고 말할 수 있어서, 다행이라고 나는 생각했다. 한동안 명훈은 고개를 숙이고 아무 말도 하지 않았다. 명훈은 울고 있었다. 참다랑어 뱃살에서 녹아 흘러내린 육즙이 가늘게 썬 무채를 붉게 적시고 있었다. 잠시 후 명훈이 눈에 눈물을 가득 머금은 채 고개를 들었다.

"우리는 모두 개자식들이죠?" 명훈이 물었다.

내가 빈 소주잔에 소주를 채우고 술잔을 비웠다.

"다른 사람들은 잘 모르겠다. 하지만 나는 확실히 개자식이지." 내가 애써 무덤덤한 목소리로 말했다.

제이가 죽은 지 꼭 일 년이 되는 날 명훈이 자살했다. 제이가 떨어진 한강 다리 위에서, 정확히 그 난간에서, 명훈도 뛰어내렸다. 같은 날, 같은 곳에서 뛰어내리면 저승에서 같이 만날 줄 알았나 보다. 바보 같은 짓이다. 그런 이유들로 사람이 죽는다는 걸 나는 믿을 수도 이해할 수도 없었다. 이해할 수 없었으므로 나는 그냥, 바쁘게, 열심히 살았다. 다행히 바쁜 일들이 많았다. 업무상 접대를 해야 하는 고객을 만나 비비안 단란주점에서 탬버린을 흔들어야 했고, 심야 모범택시를 타고 과천에 부장을 내려다 주고 새벽에 망원동까지 돌아와야 했고, 늘 모자라는 잠 속에서 늦지 않게 출근을 해야 했으므로 나는 바빴다. 비몽사몽간에 출근을 하고 일을 하고 다시 퇴근을 하고 또 술을 마시고 또 탬버린을 흔들어야 했으므로 나는 눈코 뜰 새 없이 바빴다.

　내가 눈코 뜰 새 없이 바쁠 동안, 북반구의 그린란드에서 또 누군가 죽어가고 있을 것이다. 아무도 서로를 간섭하지 않고 아무도 서로에게 자기 내면의 이야기를 하지 않는 그 얼음집에서, 바다사자와 물개와 고래의 피를 마시고 자란 이 거칠고 뜨거운 사람들은 어느 날 마음에 견딜 수 없는 격정과 우울이 찾아오면 조용히 얼음집 밖으로 나가 혼자서 자살을 할 것이다. 아무도 서로에게 간섭하지 않고 아무도 자기 자신에 대해 이야기하지 않고, 바다사자와 물개와 고래의 피를 마시고 자란 뜨거운 사람들은 그렇게 죽으니까.

김언수　1972년 부산에서 태어났다. 2002년 《진주신문》에 단편 「참 쉽게 배우는 글짓기 교실」과 「단발장 스트리트」가, 2003년 《동아일보》 신춘문예에 중편 「프라이데이와 결별하다」가 당선되어 등단했다. 2006년 첫 장편소설 『캐비닛』으로 제12회 문학동네소설상을 수상했다. 작품으로 장편소설 『캐비닛』 『설계자들』 등이 있다.

어쩌다

김 나 정

30……

　삼십 대에 접어들면서, 이십 대 땐 징글징글하게 여겼던 삶을 답습하는 나를 본다. 비굴과 비겁 사이에서 헤매다 참, 치졸해졌다. 어쩌다 이 지경까지 오게 되었는지 모르겠다. 이상과 현실 사이에서 방황하다가, 그나마 방황하는 자신을 안쓰러워하다가, 손쉽게 안아준다. 뭐 어쩌겠어. 현실은 어쩔 수 없지 않느냐고, 알리바이를 주는 데 익숙해졌다.

　공범이 되어가는 삶을 그려보고 싶었다. 극단적으로, 타협을 일삼다 전락하는 내 삶을 되돌아보고 싶었다. 몸통 속에 구겨 넣은 그림자는 언젠가는 새어나올 것이다. 정전사태는 막고 싶다. 컴컴한 지경까지 가지 않으려면, 초를 켜야 한다. 이 소설은 일종의 등화관제 훈련이다.

차 뒤로 그림자가 사라졌다.

"거기, 누구야?"

검은 산타페 뒤에 숨어 삼중은 손전등을 휘둘렀다. 백미러와 앞창들이 반짝거렸다. 불에 그슬린 기둥에 불빛이 어른거렸다.

지난주에 동네 아이들이 주차장에 숨어들었다. 생일파티를 한다고 터뜨린 폭죽이 화근이 되었다. 케이크 상자에 떨어진 불티가 앞머리에 옮겨붙은 아이는 놀라서 옆자리 친구를 끌어안아 버렸다. 다행히 그 자리에서 죽은 아이는 없었다. 스포티지 문짝이 그을렸고 오토바이 한 대가 전소되었다.

당시 경비실을 지켰던 양씨는 다음 날로 해고당했고 부지런히 벼룩신문을 살피던 삼중이 그 자리를 꿰찼다. 양씨는 후임자인 삼중에게 CCTV 화면에 잠시도 눈을 떼지 말라고 충고했다.

"낌새가 이상하다 싶으면 무조건 튀어나와."

불꽃을 보고 내려갔을 땐 사방에서 불기둥을 보았다는 것이다. 삼중은 양씨의 말을 흘려들었다. 그에게 경비실은 대합실에 불과했다. 그러고 보면 삼중이 기다림 자체를 업으로 삼은 지 어언 삼 년이 흘렀다. 그러나 정확히 무엇을 기다리고 있는지는 자신도 몰랐다.

"마흔도 안 된 놈이 이런 데 눌러앉으면 그래, 갑갑하다."

양씨는 냉장고에 김치통을 남기고 떠났다. 경비 일은 만만하지 않았다. 화요일에는 새벽부터 분리수거를 감시했다. 자루를 묶고 폐지를 한데 모으고 빗자루질을 하는 데 세 시간이 걸렸다. 택배 기사들은 삼중이 주문하지도 않은, 내용물을 알 수 없는 상자들을 끊임없이 들이밀었다. 온종일 삼중의 머릿속을 갉작대던 상자 속에는 이구아나가 들어 있었다.

"다 봤으니까, 얼른……."

삼중은 소리가 들리는 쪽으로 손전등을 겨누었다. 산발머리에 하얀 슬립을 걸친 여자가 불빛 속에 나타났다. 여자는 손으로 눈을 가리고 흘러내린 어깨끈을 올렸다. 손전등을 내리자 불빛은 발치에 오므라들었다. 삼중은 여자가 빠져나온 차를 살폈다. 실내등이 꺼진 차 안은 캄캄했다. 여자의 차림새를 보니 무슨 일이 있었는지 짐작할 만했다. 삼중은 저 안에 사내놈이 숨어 있겠거니 했다. 여자를 내보내다니 치사한 새끼. 정작 제 놈은 바지를 올리거나 단추를 채우며 동정을 살피겠지. 삼중은 슬그머니 정체불명의 사내가 부럽기도 했다.

육 년을 사귀다가 삼 년 전에 헤어진 P는 삼중에게 더는 못 견디겠다고 말했다.

"뭘?"

"몰라 물어?"

"몰라 묻지."

P는 하루 동안의 일들을 조목조목 따지고 들었다. 삼중은 P의 기억력에 새삼 놀랐다.

"그러니까 모텔비를 깎아서 그런 거구나. 진짜 돈이……."

P는 삼중을 물끄러미 바라보았다.

"그건 네가 가진 문제의 극히, 극히, 작은 부분이야…… 물론 상관없진 않아. 하지만 뭣보다……."

스물아홉 살 때 삼중은 국문과 출신 P를 중국으로 떠나보냈다. 삼중은 원서를 낸 회사의 전화를 기다리며 하숙방에서 뒹굴었다. 방 밖으로 나가면 질문이 이어졌다. 다들 삼중에게 질문할 권리를 내세웠고, 대답할 의무가 있었던 삼중은 우물거리곤 했다. 면접관들은 비전과 포부를 물었고, 여자들은 꿈과 희망을 물었으며, 김치가 떨어졌냐고 묻던 고향의 어머니는 작년에 선산에 묻혔다.

여자는 차진 발소리를 내며 삼중에게 다가왔다. 늙수레한 경비들처럼 훈계조의 말을 늘어놓아야 하나. 어쨌든 삼중은 H오피스텔의 경비원이다. 경비복을 입고 난 뒤, 근무일지에는 '이상 무'라고만 기입했다. 소장은 아침마다 일기장을 검사하듯 근무일지를 들췄다. 남들이 엎치락뒤치락한 일을 말썽거리로 삼고 싶지 않았다. 삼중은 몇 푼 찔러주면 못 본 척해주자고 마음먹었다.

삼중은 헛기침을 하며 여자를 힐끔거렸다. 흰 슬립을 걸친 여자는 불 꺼진 초 토막처럼 저 앞에 서 있었다. 여자 몸을 훑어내리던 삼중의 시선이 슬립에 번진 붉은 얼룩에서 멈췄다. 모란꽃 같은 피 얼룩이었다. 어디 다쳤느냐고 묻자, 여자는 발등만 내려다봤다. 슬립 자락에서 떨어진 핏방울이 여자의 발등으로 떨어졌다. 삼중은 119에 신고부터 해야겠다고 말을 걸터듬었다. 여자가 다가오더니 삼중의 손목을 그러쥐었다. 여자의 손은 목소리만큼이나 차디찼다.

"경비 아저씨, 진정하세요."

삼중은 여자가 빠져나온 차를 바라보았다.

코팅된 차창 안으로 보이는 남자는 고개를 숙인 채 앉아 있었다. 마네킹이나 리어카에 올려놓은 커다란 곰 인형 같았다. 삼중은 곤봉으로 차창을 두드렸지만 뒷좌석의 남자는 아랑곳하지 않았다. 삼중은 경비실로 돌아가야 할지, 차 문을 열어 남자의 상태를 살펴야 할지 머뭇거렸다.

차 문을 열자 피비린내가 물씬 풍겼다. 자신을 향해 쓰러진 남자를 삼중은 얼결에 받아 안았다. 삼중은 진저리를 치며 묵직하게 안겨오는 남자를 밀쳐냈다. 남자의 손에 쥐어져 있던 초록색 쿠션이 주차장 바닥에 뒹굴었다. 삼중은 시트에 끈적거리는 손바닥을 문질렀다. 실내등을 켜자, 가죽시트의 핏자국이 번들거렸다. 삼중은 남자의 얼굴을 내려다보았다. 구릿빛에 갸름한 얼굴은 얼핏 낙타를 닮았다. 엎드린 남자의 등에 손잡이 같은 것이 달려 있었다. 비스듬히 꽂힌 칼이었다. 플라스틱 손잡이는 연둣빛이었고, 핏물은 칼날을 감싸고 조용히 흘러내리고 있었다.

삼중은 손가락을 뻗어 남자의 목덜미에 댔다. 죽은 생선을 만지는 것 같았다. 삼중은 CCTV 화면으로 차창 밖으로 허우적대는 팔을 보고 의자를 밀치고 일어섰던 터였다. 경비실에서 주차장까지는 삼 분 남짓 걸렸다. 그사이에 남자는 숨이 끊어졌다.

삼중은 남자 곁에 잠시 앉아 있었다. 뭔가 반짝거렸다. 삼중의 시선이 남자의 손가락으로 향했다. 죽은 남자의 손가락에 끼워진 다이아반지는 알이 제법 굵었다. 삼중은 슬그머니 남자의 손을 집어 들었다. 아직 따뜻했다. 삼중은 창밖을 살피며 남자의 손가락에 끼워진 반지를 잡아당겼다. 끼고 난 뒤 살이 붙었는지 반지는 쉽게 빠지지 않았다. 삼중은 침을 삼키며 반지를 살살 돌렸다.

"저기……."

차창 안을 들여다보는 얼굴은 어둑했다. 삼중은 남자의 손을 밀치고 차 문을 열었다. 여자는 삼중 앞에 서서 맞잡은 양손을 찰흙덩이인 양 뭉쳐댔다. 여자와 삼중은 서로 시선을 피했다. 삼중이 걸음을 떼자 여자가 가로막았다. 삼중이 뒷걸음질치자, 여자는 잰걸음으로 다가와 삼중의 팔뚝을 그러쥐었다. 손가락 마디마디에 힘이 들어갔다.

"경비 아저씨, 얘기 좀, 제 얘기 좀…… 잠깐만, 잠깐만."

여자는 삼중의 손목을 잡고 주저앉았다. 조붓한 어깨를 덮은 머리카락이 양쪽으로 흔들렸다. 삼중의 팔뚝으로 여자의 떨림이 전해졌다.

"……죄송해요. 죄송한데요."

여자가 용서를 구해야 할 상대는 삼중이 아니었다. 여자는 그렁그렁한 눈으로 삼중을 올려다봤다. 반들거리는 눈알은 산초열매 같았다. 여자는 삼중의 팔을 잡은 채 다른 손으로 흘러내린 머리카락을 쓸어 넘겼다. 드러난 이마는 반듯했고, 양 뺨은 붉었다. 방금 누군가를 죽인 사람처럼 보이지 않았다. 주차장에는 여자와 삼중 둘뿐이었다. 침묵이 이어졌고, 삼중은 여자에게 여기 사느냐고 물었다.

"그냥, 절 좀 보내주세요."

삼중은 1806호에 산다는 여자의 손을 밀쳐냈다. 눈감아주고 말고의 문제가 아니었다. 사람이 죽었으니 삼중은 며칠간 경찰서에 불려 다녀야 할 것이다.

"돈을, 돈을 드릴게요."

여자는 다급하게 말했다.

"……."

삼중은 여자가 반지를 돌려 빼는 자기를 본 게 틀림없다고 생각했다.

"달라는 대로, 다 드릴 테니까 제발."

달라는 대로 준다면 얼마를 준단 걸까.

"저기……."

삼중이 말을 꺼내려는데, 여자가 손을 잡아끌었고 삼중은 얼결에 여자 곁에 주저앉았다. 차 소리가 들렸다. 주차장 벽에 헤드라이트 불빛이 지나갔다. 두 사람은 나란히 앉아 숨소리를 죽였다. 여자의 가슴팍이 오르락내리락했다. 뽀얀 가슴에 핏방울이 점점이 튀어 있었다. 바퀴 소리와 문이 닫히고 삑삑거리는 소리, 구둣발 소리가 이어졌다. 둘은 처마 밑에 나란히 앉아 빗소리가 그치

길 기다리는 것 같았다. 삼중은 주차장 바닥에 떨어진 쿠션을 내려다보았다. 솜뭉치들이 몽글몽글 삐져나왔다. 남자는 저 쿠션을 방패막이로 쓴 모양이었다. 하지만 쿠션 따위가 칼날을 막아줄리 만무했다. 삼중은 문득, 자기 방구석에서 뒹구는 공무원 수험서를 떠올렸다. 주차장은 정적에 잠겼다. 삼중은 고개를 숙이고 혼잣말처럼 중얼거렸다.

"얼마나……."

여자도 고개를 숙인 채 삼중에게 말했다.

"그게……."

쏟아져내린 머리카락이 여자의 표정을 가렸다.

"한 이천만 원 정돈."

삼중은 속으로 주판알을 퉁겼다. 한 달 동안 꼬박 경비실을 지키면 구십만 원을 받는다. 연봉으로 계산하면 천만 원 남짓이다.

여자는 내일 아침에, 아니 당장 현금지급기에서 뽑아 드리겠단 말을 덧붙였다. 여자는 일어서더니 삼중에게 손을 내밀었다. 삼중은 일어서며 액수를 높일 걸 그랬나 하고 후회했다. 삼중은 어릴 적부터 생각 없이 막 사는 놈이란 소리를 종종 들어왔다.

"그럼 저건……."

여자는 대답이 없었다. 삼중은 소매를 걷고 손목시계를 들여다보았다. 새벽 네 시였다.

"조금 있으면 사람들이 드나들 텐데, 그냥 두면……."

여자는 혼잣말처럼 그럼 어떻게 하느냐고 물었다.

"아니, 것까지 내가 왜……."

삼중은 여자에게 일단 주차장에서 '저걸' 치워야 한다고 말했다.

"어디…… 에다?"

"그냥, 아무 데나."

"아무 데나?"

삼중은 여자가 정말 아무 데나 버리면 어쩌나 싶었다. 인적이 드문 야산 중턱까지 기어 올라가 구덩이를 깊숙이 파고 시체를 굴려 넣고 흙을 쏟아붓고 발로 밟아 흙을 다지고 낙엽까지 뿌려 두어야 들통이 안 난다. 시체는 쓰레기 불법 투기하듯 마구잡이로 버려선 안 된다. 삼중은 입주민에게 재활용 쓰레기 분리 요령을 설명하듯 여자에게 말했다.

"경비실에 삽 있거든. 빌려줄게. 그걸로 땅을 한 자 반 정도 파고."

삼중은 손전등을 겨드랑이에 끼고 삽질하는 시늉을 했다.

"산에 땅이 꽝꽝 얼었을 텐데."

크리스마스가 내일모레다. 어제는 온종일 눈이 내렸다. 검은 하늘에서 종일 주먹질하듯 눈덩이가 펑펑 쏟아졌다. 쓸고 쓸어도 눈은 빈자리를 찾아 날아들었다. 캉캉. 삽날은 언 땅거죽에 부딪쳐 날카로운 소리를 낸다. 남자 하나를 감쪽같이 숨기려면 제법 깊숙이 파야 할 것이다. 여자의 키를 훌쩍 넘길 정도로 파야 한다. 여자의 팔뚝은 가느다랗다. 호리호리한 여자는 팔꿈치로 치면 넘어질 짚단 같았다. 김칫독 묻을 구덩이 하나를 파는 데도 사흘 밤낮이 걸릴 품새다.

"여기, 뒷산 그런 거 없어?"

근무한 지 얼마 안 되고 경비실에만 틀어박혀 있었던 삼중은 H오피스텔 주변 지리에 깜깜했다. 여자는 오피스텔 뒤편의 골목길을 따라 쭉 올라가면 절과 약수터를 거느린 야트막한 야산이 있다고 말했다. 하지만 지금은 약수터와 사찰이 붐빌 시간이다. 삼중이 인적이 뜸한 야산이나 공사장, 개천가는 없느냐고 묻자, 여자는 고개만 저어댔다.

"차에 내비 달렸지."

여자는 고개를 끄덕였다.

"아무 산 이름이나 찍어. 그리고 가잔 대로 가."

여자는 고개를 가로저었다.

"저…… 운전 못 해요."

운전면허증도 없이, 사람을 죽이다니.

"그럼, 어쩔 셈이야? 좀 있으면 출근시간이고, 저대로 내버려

두면······."

"다 때려치울래."

"뭐?"

여자는 주차장 바닥에 풀썩 주저앉았다.

"이봐, 정신 차려."

삼중이 채근해도 여자는 도리머리만 흔들었다.

"못 하겠어. 안 돼."

여자는 번갈아가며 양손을 문질러대기 시작했다. 모든 걸 탁 놓아버리고 싶은 심정을 삼중도 잘 알고 있었다.

"올해 몇 살이야?"

"······."

"몇 살이냐고?"

"······스물아홉이요."

삼중보다 다섯 살 아래였다.

"앞으로 살날이 창창하네, 근데 포기하게?"

여자는 양손으로 얼굴을 문질렀다.

"운전은 내가 할 테니까."

여자가 고개를 들어 삼중을 멀거니 올려다보았다. 삼중은 일단 차를 몰고 나가 적당한 장소를 물색해보자고 제안했다. 그러려면 뒷좌석에 있는 시체부터 옮겨야 했다. 삼중은 여자에게 여기서 꼼짝하지 말고 기다리라고 했다. 경비실로 간 삼중은 비품 창고에서 대형 비닐봉지를 챙겼다. 쪼그리고 앉아 있던 여자는 트렁크를 열라는 삼중의 말에 몸을 일으켰다.

트렁크 안은 잡동사니들로 가득했다. 삼중은 트렁크에서 돗자리와 공구함, 긴 우산을 꺼냈고 여자는 받아들어 한데 모았다. 둘은 손발이 착착 맞았다. 삼중은 손을 뻗어 구석에 박혀 있는 비치볼도 끄집어냈다. 바닥에 떨어진 알록달록한 공은 다라락, 차 밑으로 굴러 들어갔다. 여자는 납작 엎드려 차 밑으로 팔을 뻗었다. 삼중은 트렁크 바닥에 비닐 두 장을 깔았다. 신혼집 도배를 하듯 모서리까지 꼼꼼히 문질러 바닥에 붙였다.

삼중은 뒷문을 열었다. 뒷좌석에 엎드린 남자는 육절기에 걸어둔 고깃덩이 같았다. 레버를 내리면 고기는 땡볕에 놓인 눈 뭉치처럼 줄어들고, 고깃덩이는 책장처럼 펼쳐진다. 삼중은 숨을 몰아쉬고 남자를 안았다. 호프집 알바를 할 때 삼중은 지하실에서 취객들을 떠 매고 길가로 나가 택시에 밀어 넣곤 했다. 고개를 숙인 남자가 흔들흔들 끌려 나왔다. 손에 낀 반지로 시선이 갔다. 여자가 나타나자 삼중은 남자를 안은 팔에 힘을 주었다. 여자는 비치볼을 안아들고 삼중을 바라보았다. 이삿짐센터 직원을 감시하는 안주인 같았다. 장롱에 흠집이 났다며 일당을 받지 못했던 날이 떠올랐다. 삼중은 여자에게 바닥에도 비닐을 깔라고 했다.

남자를 품에 안고 삼중은 숨을 헐떡거렸다. 죽은 남자는 참으로 비협조적이었다. 여자가 걱정스러운 표정으로 괜찮으냐고 물었다. 피비린내 때문에 숨을 참고 있던 삼중은 고개만 끄덕였다.

사흘 전부터 경비실에서 썩은 내가 풍겼다. 305호로 배달된 택배 상자가 냄새의 근원지 같았다. 인터폰을 해도 받지 않았고, 벨을 눌러도 답이 없었다. 상자를 열어 내용물을 살필 수도 없었다. 사흘 동안 썩어가는 무언가와 함께 지냈다. 오늘 아침 305호 입주자들이 싱가포르에서 돌아왔다. 입주민 여자는 경비실에 냉장고가 없냐고 투덜거렸다. 소형 냉장고에 옥돔 상자가 들어가지 않는다는 걸 확인한 305호는 삼중에게 상자의 뒤처리를 맡겼다.

여자는 비치볼을 내려놓고, 남자의 다리를 끌어안았다.

"하나, 둘, 셋."

구령에 맞춰 남자의 몸이 차에서 빠져나왔다. 두 사람은 바닥에 깔린 비닐에 남자를 눕혔다. 둘은 비닐 끄트머리를 잡고 트렁크까지 끌고 갔다. 주차장 바닥에는 구불텅구불텅 핏자국이 이어졌다.

트렁크 문이 덜컹거렸다. 삼중의 입에서 욕이 절로 나왔다. 둘은 나란히 서서 트렁크 속을 들여다봤다. 삼중은 남자의 두 팔을 가슴에 엇갈려 모으고, 여자는 남자의 다리를 접어 가슴까지 끌어올렸다. 남자를 모로 눕히자, 트렁크 안은 두세 명이 더 들어갈 수 있을 만큼 넉넉해졌다.

트렁크가 닫혔다. 여자는 빨래를 마친 주부처럼 기지개를
켰다.

시체를 트렁크로 옮겼으니 운반 과정에서 생길 위험은 줄었다.
삼중은 여자에게 걸레를 가져다 차에 묻은 핏자국을 닦으라고 말
했다. 여자는 운전석에서 걸레를 가져다 핏자국을 지워나갔고 삼
중은 바닥에 깔린 비닐을 걷어냈다. 경비실로 향하는 삼중의 뒤
통수에 대고 여자가 어디 가느냐고 물었다.

"바닥에 그 피."

한 손에 걸레를 든 여자는 바닥의 핏자국을 내려다보았다.

경비실로 간 삼중은 비품함에서 호스를 끄집어냈다. 채워놓아
야 할 비품 목록이 점점 늘었다. 관리대장에 비품 목록을 적어두
라던 소장의 말이 떠올랐다. 오피스텔을 그만두게 되었으니, 신
경 쓸 문제가 아니었다. 삼중은 고무호스를 안고 주차장으로 돌
아왔다.

여자가 사라졌다.

"어이…… 1806호."

삼중의 목소리만 주차장에 울려 퍼졌다. 호스를 팽개치고 삼중
은 주차장을 돌아다녔다. 손전등 불빛이 주차장 벽에 다시 어른
거렸다. 여자는 보이지 않았다. 삼중의 머릿속이 하얘졌다. 차로

돌아온 삼중의 눈길이 트렁크로 향했다. 죽은 남자 옆에서 부장품처럼 껴묻혀 죽은 여자가 그려졌다. 남자의 등에 박아넣은 칼을 뽑아 제 가슴팍에 찔러넣는 여자를 상상했다. 삼중은 트렁크를 열었다. 여전히 혼자인 남자를 보고 삼중은 안심했다.

그렇다면 여자는 어디로 사라져버린 걸까.

달아나는 여자의 뒷모습이 떠올랐다. 여자를 혼자 내버려둔 게 실수였다. 삼중은 주차장을 가로질러 입구로 향했다. 주차장을 빠져나가면 골목길이 이어진다. 여자는 맨발로 골목을 달음박질친다. 삼중은 주차장 입구에 멈춰 섰다. 마주 보게 될 텅 빈 골목길을 생각하니, 실로 막막했다.

발소리가 들렸다. 주차장 입구로 그림자가 건들건들 흘러 들어왔다. 내리막길을 걸어 내려오는 발과 아랫도리, 허리와 얼굴이 불빛 아래 드러났다. 삼중은 반가움과 원망이 뒤섞인 목소리로 여자에게 어디 갔었느냐고 물었다. 여자는 품에 안고 있던 모래자루를 내밀었다. 오피스텔 입구에 놓인 제설 용구함에서 꺼내왔노라고 했다. 그건 왜 가져왔느냐고 묻자 여자는 몸을 좌우로 흔들어댔다. 딴은 모래로 핏자국을 덮겠단 거다.

"그럼, 모래?"

"……."

여자는 품에서 흘러내리는 모래 자루를 끌어안았다. 피를 빨아들인 모래가 주차장 바닥에 남을 것이다. 삼중은 투덜거리며 뒤돌아섰다. 모래 자루를 안은 여자는 터벅터벅 삼중의 뒤를 따랐다.

삼중은 호스 주둥이를 쥐고 주차장을 돌아다녔다. 수도꼭지가 보이지 않았다. 여자가 집에서 물을 퍼 내려오겠다고 말했다. 서너 번 왔다 갔다 하면 되지 않겠느냐는 말에, 삼중은 그러다 누구랑 마주치면 어쩌겠느냐고 물었다. 한밤에 엘리베이터에서 물이 찰랑거리는 양동이를 든 피투성이 여자를 보면 누군들 경악할 것이다. 조용한 밤에 비명은 더 멀리까지 간다.

여자는 시무룩한 얼굴로 호스를 집어 들었다. 삼중은 신발 바닥으로 핏자국을 문질렀다. 핏자국은 번질 뿐 사라지지 않았다. 잠시 후 나타난 여자는 환한 얼굴로 수도꼭지를 찾았다고 했다. 주차장 가장 후미진 데 고장 나고 버려진 자전거를 모아두었다. 자전거들이 수도꼭지를 가리고 있었다는 것이다. 여자는 삼중의 손에 호스를 쥐여주고는 차들 사이로 뛰어갔다. 피크닉을 나온 듯 가벼운 걸음걸이였다.

"물 틀어요!"

여자의 목소리가 주차장에 울려 퍼졌다. 호스가 꿈틀거리기 시작했다. 삼중은 땅꾼처럼 호스의 주둥이를 엄지로 눌렀다. 부채꼴로 펴진 물줄기가 핏자국을 훌훌 걷어냈다.

구정물과 핏물이 섞여 어디론가 흘러갔다. 핏자국이 걷히자 삼중은 여자에게 그만 잠그라고 소리쳤다. 삼중이 호스를 둘둘 말았다. 그 곁에서 여자는 모래 자루를 풀었다. 물기만 마르면 흔적은 모두 사라진다. 주차장 바닥에 깔린 모래가 되레 수상쩍다. 삼중이 말려도 여자는 기왕 가져온 것이니 뿌리겠노라고 고집을 부렸다. 여자는 모래 자루를 가슴에 안고 제가 걸어 다녔던 자리를 따라다녔다. 모래는 여자의 발 앞을 구불구불 따라갔다. 삼중은 여자에게 그만하라고 소리쳤다. 여자가 안고 있던 자루에서 모래가 쏟아져내려 발등을 덮었다. 텅 빈 자루를 내려놓고 여자는 발등의 모래를 털어냈다. 삼중은 모래를 발로 문질러 폈다. 물기를 머금은 모래는 검게 변해갔다. 여자는 빈 모래 자루를 챙기더니, 이제 다 끝난 거냐고 물었다.

"대충."

둘은 사방을 둘러보았다. 차들은 일렬종대로 엎드려 있고, 모든 게 감쪽같았다. 아무도 오늘 밤 여기서 벌어진 일을 눈치채지 못할 것만 같았다. 주차장은 고요하고 어둑했다.

잘 아는 산이 있다는 삼중의 말에 여자는 거기가 어디냐고 물었다.

"내부순환 타면 두 시간쯤."

삼중이 예전에 살던 하숙방 근처에 야산이 하나 있었다. 생태

보호구역으로 지정되어 사람들의 출입이 금지된 산이란 말에 여자는 반색했다.

"얼른 가요."

"그 옷은? 입고 가게?"

여자는 슬립의 핏자국을 내려다봤다.

삼중은 여자와 삼십 분 뒤에 쓰레기 분리수거함 앞에서 만나기로 했다. 삼중은 여자에게 돗자리, 비치볼을 안기고 긴 우산을 쥐여준 뒤 공구함을 챙겼다. 둘은 나란히 비상구를 향해 걸었다. 철문 앞에 서자 센서등이 켜졌다. 비밀번호를 누르자 철문이 달카닥 열렸다. 삼중은 계단을 꾸역꾸역 올라갔다. 벽돌을 쟁여 넣은 듯 공구함은 묵직했다. 뒤쪽에서는 우산꼭지가 시멘트 바닥을 달달 긁는 소리가 들렸다.

1층 비상문 앞에서 삼중은 뒤돌아보았다. 여자는 층계난간을 잡고 천천히 올라오고 있었다. 밝은 데서 보자 여자의 얼굴이 낯설어 보였다. 햇빛 아래 놓인 음지식물 같았다. 여자와 눈이 마주치자 삼중은 고개를 돌렸다. 여자는 삼중을 지나쳐 2층 계단을 밟았다. 여자는 앞으로 열입곱 층을 더 올라가야 한다. 삼중은 여자의 뒤통수에 대고 교대시간인 여덟 시까지 오피스텔로 돌아와야 하니까 서둘러달라고 사무적인 말투로 부탁했다. 여자의 발소리가 멀어지자 삼중은 살며시 비상문을 밀고 주차장으로 나갔다.

반지가 보이지 않았다. 삼중은 남자를 똑바로 뉘었다. 왼손에 끼워진 반지가 눈에 들어왔다. 삼중이 반지를 빼낸 순간, 남자가 신음 소리를 냈다. 피할 새도 없이 남자가 삼중의 옷깃을 틀어쥐고 일어나려고 발버둥쳤다. 삼중은 고함을 치는 남자의 입을 틀어막았다. 삼중은 잠투정하는 아이를 달래 재우듯, 남자를 도로 트렁크에 눕히려고 했다.

"잠깐만, 잠깐. 진정하시고. 저기 이게⋯⋯."

남자는 삼중의 말을 도무지 들어주질 않았다. 양팔을 허우적거리고 두 발로 트렁크 안을 차댔다. 삼중의 비명이 이어졌다. 남자가 삼중의 손가락을 물어뜯었다. 손가락 사이로 피가 흘러나왔다. 피는 손등을 타고 내려가 손목을 지나 팔뚝으로 흘러내려갔다. 삼중은 남자를 트렁크 안으로 떠밀었다. 삼중의 두 손이 남자의 목을 틀어쥐었다. 차체가 덜컹거리고 비명도 수도꼭지를 잠그듯 점차 잦아들었다. 손아귀에 힘을 더 주려는 순간, 삼중은 남자가 이미 죽었다는 걸 알았다. 남자는 홉뜬 눈으로 삼중을 올려다봤다.

삼중은 트렁크 문을 닫고 뒤로 물러섰다. 살점이 콩알만큼 떨어져 나간 손가락이 욱신거렸다. 아픔보다 남자가 물어간 살점을 되찾아야 한다는 생각이 앞섰다. 트렁크를 열고 삼중은 남자의 입속을 더듬었다. 두툼한 혓바닥과 깔쭉거리는 이들이 만져졌다.

입천장은 오톨도톨했다. 살점은 잡히지 않았다. 삼중은 손전등을 빼들어 남자의 입안을 비추었다. 목구멍 안이 환해졌다. 하지만 남자가 삼켜버린 살점은 보이지 않았다.

트렁크에 등을 대고 삼중은 미끄러져 앉았다. 그제야 삼중은 자기가 남자를 죽였다는 걸 실감했다. 남자의 숨통을 끊은 것은 여자가 아니라 삼중이었다. 목격자였던 삼중은 공범에서 살인자로 처지가 변했다. 어쩌다 이 지경까지 오게 되었는지 몰랐다. 언덕 꼭대기에서 굴러 내려온 눈 뭉치가 바윗덩이처럼 가슴에 안겨왔다. 여자 탓이었다. 괜히 남의 일에 끼어들지 말고 신고를 했어야 했다. 여자의 처지를 불쌍하게 본 탓이었다. 벌이만 넉넉했다면 돈 때문에 손을 빌려주지도 않았을 것이다. 이런 일에 말려들게 된 자기 처지가 기가 막혔다. 하필 삼중이 근무할 때 죽은 남자마저 원망스러웠다.

자기 말을 끝까지 들어주기만 했다면 남자는 목숨을 건지고, 삼중도 살인자가 되지 않았을 거였다. 남자는 삼중을 살인자로 오해했고, 삼중은 남자가 죽었다고 착각했다. 관에서 죽은 사람이 튀어나오면 놀라지 않을 사람은 없다. 죽은 셈 쳤던 사람을 죽여버린 것은, 생사람을 죽이는 것보다 큰 죄는 아니라고 삼중은 결론지었다. 남자는 어차피 반송장이었다. 살아난들 사람 구실하며 살지 못했을 거다. 남자의 목구멍에 걸린 삼중의 살점은 살인자를 밝히는 결정적인 증거물이 될 것이다. 하지만 땅에 파묻힌 남자는 삼중의 살을 삼킨 채 썩어갈 것이다. 앉은 자리가 불편했다. 삼중은 엉덩이 아래로 손을 넣어 깔려 있던 반지를 빼냈다. 손바닥 위에서 반지가 반짝거렸다.

로비에 나간 삼중은 주위를 살폈다. 관엽식물의 잎사귀만 불빛에 번들거렸다. 경비실로 뛰어 들어간 삼중은 창문부터 닫았다. '순찰 중' 팻말이 달랑거렸다. 단추를 풀자 가슴께에 묻은 핏자국이 드러났다. 젖은 웃옷을 바닥에 던지고 바지를 벗었다. 주머니에서 반지를 꺼내 서랍에 넣어두고, 벗은 옷은 둘둘 말아 구석에 던졌다. 한기가 몰려들었다. 책상 옆에 놓인 전기난로에 눈이 갔지만 한가하게 몸을 덥힐 여유가 없었다. 삼중은 군용침대에 놓인 모포로 몸을 감싸고 두루마리 화장지를 집어 들었다. 끊어낸 휴지로 맨가슴을 문질렀다. 꾸덕꾸덕 말라붙은 피는 말끔히 닦이질 않았다. 가슴팍은 되레 얼룩덜룩해졌다. 삼중은 난로 위에 놓인 주전자를 기울여 화장지에 물을 묻혔다. 젖은 휴지 뭉치를 쥐자 옅은 핏물이 바닥에 떨어졌다. 아무래도 몸을 닦아야 할 것 같았다.

경비실과 관리사무실 사이에는 간이 샤워실이 있었다. 소장은 야간 근무자를 위해 특별히 마련한 복리후생 시설이라고 소개했지만, 샤워실은 해변가의 샤워장보다 허술했다. 세탁기 옆에 쥐색 비닐을 쳐둔 게 전부였다. 관리소장은 취객들이 오줌을 싸기도 하니까 꼭 잠가두어야 한다고 당부했다.

삼중은 모포를 두르고 로비로 나왔다. 엘리베이터 앞에 누군가 서 있었다. 삼중은 잽싸게 벽에 기대서서 취한 듯 비틀거리며 검지로 엘리베이터 버튼을 눌러대는 남자를 바라보았다. 문은 열렸다 닫히기를 거듭했다. 삼중의 바람과는 달리, 남자는 엘리베이터와 쌀보리놀이를 멈추지 않았다.

전화벨 소리가 들리자 남자는 더듬거리며 전화를 찾았다.

"응, 야근한다."

"어, 야근하지."

"그럼, 들어가야지."

통화를 마친 남자는 전화기에 대고 "미친년"이라며 낄낄댔다. 문이 열리자, 남자는 "어이, 같이 갑시다" 하곤 문 안으로 훌쩍 사라졌다.

저런 미친놈, 삼중은 모포 자락을 여미고 샤워실로 향했다. 레버를 돌리자 샤워꼭지에서 찬물이 쏟아졌다. 정수리에 찬물 세례를 받은 삼중은 진저리를 치며 온수 레버를 돌렸지만 따뜻한 물은 나오지 않았다. 삼중은 다리를 꼬며 물줄기를 맞았다. 아래 윗니가 맞부딪쳤다. 이를 악물고 견뎌내야만 했다. 고개를 숙이니 타일 틈의 누런 실금이 눈에 들어왔다. 허연 건 오줌버캐였다. 피비린내와 지린내가 섞였다. 깨금발로 폴짝거렸지만, 이미 늦었다. 찬물은 핏자국은 지워도, 피비린내까지 지우진 못했다.

삼중은 비눗갑으로 손을 뻗었다. 비누가 없었다. 삼중은 세탁기 옆의 통에서 퍼낸 세제 가루를 몸에 뿌렸다. 까끌까끌한 세제 알갱이를 문질러 거품을 냈다. 한참 물을 뒤집어써도 몸은 미끈둥거렸다. 수건걸이는 비어 있었다. 삼중은 세탁기 뚜껑을 열고 양말 짝을 꺼내 물기를 닦아냈다.

삼중은 검은 비닐봉지에 피 묻은 옷과 양말을 집어넣었다. 평상복으로 갈아입었지만 팬티와 양말은 여벌이 없었다. 아랫도리가 허전했고 발바닥은 끈적거렸다. 차를 몰고 가다 편의점에 들러 속옷과 양말부터 사야겠다고 마음먹었다. 삼중은 CCTV 화면 앞에 앉았다. 온몸이 뻐근했다. 팔을 휘두르며 삼중은 CCTV를 들여다보았다. 화면 속 풍경들은 정지해 있었다. 복도도, 주차장도, 로비도 텅 비었다.

새벽마다 삼중은 혼자 앉아 CCTV 화면을 들여다보곤 했다. 볼륨을 죽인 흑백텔레비전을 보는 것 같았다. 회색 모니터 속으로 소리 없이 사람들이 지나다녔다. 이 화면에 비치던 사람은 저 화면에 등장했다 다른 화면으로 옮겨갔다, 종국엔 사라졌다. 현재 풍경을 실시간으로 전달해준다고는 하지만, 해상도가 낮은 화면 속의 풍경은 녹화된 과거의 풍경 같았다. 삼중은 좀비 영화의 주인공처럼 인간이 사라진 세상을 홀로 지키는 것만 같았다. 혹은 좀비가 되어 인간이 멸종된 세상을 바라보고 있는 것도 같았다.

난로의 열기로 경비실은 훈훈했다. 한숨 자고 싶었지만 안 될 말이었다. 삼중은 주차장과 복도, 18층이 녹화된 내용을 삭제하고, 시계를 들여다보았다.

십 분이 지나도 여자는 나타나지 않았다.

젖은 머리카락이 얼어붙기 시작했다. 맨발로 한기가 스며들었다. 삼중은 발을 구르며 오피스텔 건물을 올려다보았다. 아래에서부터 18층을 세어 올라갔다. 창들은 모두 네모꼴로 캄캄했다.

삼중은 경비실에서 18층 비상키 다발을 꺼내 로비로 갔다. 버튼을 누르자 엘리베이터 문이 열렸다. 구석에 웅크린 남자를 보고 삼중은 기겁을 했다. 머뭇거리는 사이 문이 닫혔다. 엘리베이터는 1층에서 꼼짝도 하지 않았다. 삼중은 다시 버튼을 누르고 엘리베이터에 올라타 남자를 등지고 섰다. 천천히 바뀌는 숫자들을 초조하게 올려다보았다. 5층에서 목소리가 들렸다. 삼중은 남자가 뭔가 묻는 줄 알았다.

"이 풍진 세상을 만났으니, 너의 소원이 무엇이냐."

고개를 꺾은 남자는 혼잣말처럼 중얼거렸다. 삼중은 뒤를 돌아보지 않았다.

문이 열리자마자 삼중은 엘리베이터에서 빠져나왔다. 문이 닫히자 노랫소리도 그쳤다. 깨어날 때까지 저 남자는 몇 번이고 엘리베이터에 실려 오피스텔 건물을 오르내릴 것이다. 1806호는 오른편 복도 끝 집이었다. 옆집 사람이 깨어날까 더 이상 벨을 누를 수 없었던 삼중은 손잡이를 잡아당겼다. 현관 센서등이 켜졌다. 삼중은 비치볼을 밀며 현관에 들어섰다.

"저기, 나, 경빈데……."

목을 빼고 안쪽을 살피던 삼중은 거실로 갔다. 발밑에서 잘금거리는 모래를 털어내며 안으로 들어갔다. 현관 통로를 지나자 21평짜리 원룸이 한눈에 들어왔다. 물소리가 들렸다. 삼중은 화장실 문에 대고 안에 있느냐고 물었다. 물소리만 이어졌다. 조심스럽게 문을 열자, 표백제 냄새가 코를 찔렀다.

여자는 옷을 입은 채 욕조 안에 서 있었다. 불러도 대답하질 않았다. 레버를 돌리자 물줄기가 끊겼다. 늦었다며 잡아끌어도 여자는 꼼짝하질 않고 욕조에 주저앉아 훌쩍거렸다. 삼중은 여자를 달래줄 말을 알지 못했다. 고개를 돌렸다. 김이 서린 거울에 비친 삼중의 모습은 희미했다. 유령같이 서 있던 삼중은 여기 계속 있을 거냐고 고함을 쳤다. 팔을 잡아끌려 하자, 여자는 뭐라고 중얼거리더니 삼중의 손을 뿌리쳤다. 화장실을 빠져나간 여자는 거실 구석에 놓인 파티션 뒤로 갔다. 삼중은 타월을 들고 여자의 뒤를 따랐다.

파티션 뒤에는 덩그마니 침대만 놓여 있었다. 불을 켜자 여자는 돌아누워버렸다. 삼중은 옷장 문을 열고 여자에게 입힐 옷을 찾았다. 옷걸이에 걸린 코트를 내리고, 삼단 서랍장에서 스웨터와 바지도 꺼냈다. 속옷은 맨 아래 서랍에 있었다. 꺼낸 옷들을 침대에 일렬로 눕히고 삼중은 밖에 나가 있을 테니 옷을 입고 나오라고 했다.

삼중은 부엌으로 향했다. 식탁 위 도마에는 썰다 만 토마토가 놓여 있었다. 잘 익은 토마토는 먹음직스러워 보였다. 칼은 보이지 않았다.

삼중은 냉장고 손잡이를 잡았다. 물을 마시며 문짝에 붙은 사진을 보았다. 낙타 얼굴은 여자와 팔짱을 끼고 브이 자를 그려 보였다. 모자를 눌러쓴 여자는 꽃밭에서 얼굴만 내밀고 있었다. 불켜진 다리를 배경 삼아 여자는 낙타의 품에 안겨 있었다. 둘은 환하게 미소를 지으며 삼중을 바라보았다. 삼중은 여자와 남자 사이에 어떤 일이 있었는지 문득 궁금해졌다. 하지만 남자와 여자 사이에서 벌어진 일은 삼중이 알 바 아니었다. 삼중은 냉장고 문을 열고 물통을 제자리에 넣어두었다.

"다 입었어?"

삼중이 파티션 뒤로 돌아가니 여자는 잠든 듯 누워 있었다.

"이봐, 그냥 저대로 내버려둘 거야?"

"……."

삼중은 엉거주춤 침대 모서리에 앉았다. 자기가 저지른 일을 나 몰라라 하는 여자를 보니 삼중은 부아가 치밀어 올랐다. 하지만 여자와 다투어봤자 소용없는 일이었다. 괜히 여자를 건드려서 긁어 부스럼을 만들고 싶진 않았다. 삼중은 분을 삼키며 여자를 달랬다.

"저기 여기서 시간 질질 끌다가……."

"……."

"그럼 나 혼자라도……."

여자가 삼중의 말을 분지르고 들어왔다.

"경찰에 전활 했어요."

"뭐?"

삼중은 여자에게 바짝 다가앉았다. 여자의 살이 뭉클, 삼중의 다리에 닿았다.

"……자수했어요."

삼중은 여자의 팔을 잡고 흔들었다. 침대 위에서 여자의 머리카락이 꿈틀거렸다.

"조금 있으면 다 끝나요."

삼중은 말문이 막혔다. 머릿속으로 낱말들이 뒤엉켰다. 누구 맘대로, 어쩌다, 그러면, 미쳤어! 어떤 말부터 꺼내야 할지 몰랐다.

"……그냥 모른 체하세요."

"뭐!"

삼중은 여자를 일으키려 했지만, 여자는 내용물이 빠진 자루처럼 침대로 쓰러졌다. 여자는 한 손을 들어 손사래를 쳤다.

"경비 아저씬, 그냥 가시라니까요."

지워버린 CCTV 화면과 여기저기 남겨둔 지문이 떠올랐다. 트렁크 안에 든 남자가 삼켰던 살점이 핀셋에 끌려 나오는 상상을 했다. 여자가 섧게 울어댔다.

"조용히, 조용히 좀 해봐."

울음소리는 잦아들지 않았다. 너무나도 무책임한 여자였다. 삼중은 자기는 어떻게 하느냐고 소리를 질러댔다. 조용한 밤에 고함 소리는 멀리까지 퍼졌다.

"경비 아저씬, 못 본 거면."

"본 걸 어떻게 못 본 척해!"

여자는 삼중에게 등을 돌리고 모로 누웠다. 흘러내린 머리카락 사이로 드러난 여자의 목은 길고 가늘었다.

"날, 제발 가만히 좀 내버려둬요."

"......"

삼중은 천장을 올려다보았다. 천장은 아득히 멀었다. 삼중도 여자처럼 차라리 침대에 드러눕고 싶었다. 삼중은 손바닥으로 얼굴을 쓸어내렸다. 손에서는 희미하게 세제 냄새가 났다. 삼중은 여자를 내려다보았다. 벌어진 일은 되돌릴 수 없었다. 하지만 포기할 수도 없었다. 살아갈 날이 아직은 창창했다.

새벽 다섯 시 이십오 분, 흰색 EF 소나타가 주차장을 빠져나갔다. 주차장 입구의 CCTV에는 운전대를 잡은 사람의 얼굴이 희미하게 찍혀 있었다. 뒷좌석에 누운 여자는 잠든 것처럼 보였다.

김나정 1974년 서울에서 태어났다. 상명대 교육학과와 서울예대 문예창작과, 중앙대 대학원 문예창작과를 졸업하고 고려대 문예창작과 박사 과정을 수료했다. 2003년 《동아일보》 신춘문예에 소설 「비틀스의 다섯 번째 멤버」가 당선되어 등단했으며, 소설집으로 『내 지하실의 애완동물』이 있다.

모텔 힐베르트

한 유 주

30……

삼십 대란 어떤 나이일까. 이제 막 서른이 된 나로서는 아직도 불가해한 나이이다. 그러 삼십 대라는 소설의 주제는 다소 막연하게 여겨졌다. 그러던 중 수학자였던 힐베르트 호텔 힐베르트라는 비유를 통해 무한을 설명했던 것을 떠올렸다. 호텔 힐베르트의 방 은 무한하고, 각각의 방에는 무한한 손님들이 투숙하고 있다. 그런데 새로운 손님이 도 착한다. 그럴 경우 호텔의 주인은 모든 방의 손님들을 옆으로 한 칸씩 옮기도록 해서 새 로 온 손님에게 방을 제공한다. 그러므로 새로 온 손님은 항상 1번 방에 묵게 된다. 그러 나 그 또한 언제고 옆방으로 한 칸씩 밀려나야 할 것이다.

삼십 대는 내게 아직 미지의 영역이다. 나는 이제야 삼십 대라는 시간에 발을 들여놓았 다. 이십 대와 삼십 대는 아마도 비슷하게 다르고, 다르게 비슷할 것이다. 그러나 두 시간 모두 시간의 흐름에 따라 어딘가로 계속해서 밀려나는 것이라는 본질은 다르지 않을지 도 모른다. 그리고 시간에 휩쓸린 자들이라면 누구나 시간의 흐름을 저지하려는 몸짓을 보일지도 모른다. 미약하게나마. 이런 생각을 하며 「모텔 힐베르트」를 썼다.

테트라포드. 무덤. 테트라포드. 이유. 이유 없는 무덤. 여기. 저기. 이 순간. 표정. 여자. 아니다. 여자와 나. 어둠 속. 깊음. 어둠. 어두움. 바람. 바람도 어둠을 흔들지 않는다. 어둠과 어두움. 테트라포드. 방파제. 와상. 몸. 밤. 은닉. 네 번째. 다섯 번째. 겉옷. 지갑. 지폐. 신분증. 겉옷. 안주머니. 이대로. 이렇게. 이대로 여자를 내버려두고. 내일 아침. 변사체로 발견될 수 있는 행운. 자비. 선물. 바닷바람. 밀물. 무릎. 정강이. 허리. 부정한 목숨. 테트라포드. 여자를 바다로 던져버릴까. 밀물. 썰물. 파도. 물. 여자는 다시 밀려올 것이다. 생각. 방파제. 건너편. 마을. 불빛. 소멸. 소등. 개. 울음. 긴 울음소리. 바다에 관한 온갖 비유와 은유. 밤바다. 어둠이 바다를 집어삼켰다. 등대. 저 멀리. 열 걸음. 낮에 봐두었던 장소. 봄. 추위에 대한 추억. 없음. 죽은 여자는 무거웠다. 라이터. 불빛. 흔들리는. 와상. 인적. 없음. 기억. 없음. 생각 없음. 열 걸음 더. 죽음. 주검. 죽음의 무게. 이유. 이유 없는 무덤. 이유 없음. 젖은 발. 한기. 적막. 대기. 대기. 차이. 일보전진. 여자는 화석처럼 굳어 있었다. 그림자처럼 늘어진 여자의 몸. 죽은 몸. 신분증. 테트라포드. 여자의 무덤. 공간. 흘러가지도 흘러오지도 못하는. 적막강산. 이대로 여자를 내버려두고. 안 된다. 흔적. 증거. 무념무상. 세계의 끝. 이곳은 아니다. 물러날 것. 패로敗路. 퇴각. 휘파람. 여자의 무게. 무게의 무게. 어둠이 바다를 집어삼켰다. 어둠은 여자도 집어삼켰다. 어둠은 나를 집어삼켰다. 부드럽게 차오르는 물. 바닷물. 테트라포드 사이 빈 공간에 갇힌 여자는 흘러가지도 흘러오지도 떠내려가지도 떠오르지도 않을 것이다. 퇴로. 없음. 살인의 끝. 없음. 공중전화. 낮에 봐둔 공중전화. 심야버스. 터미널. 대합실. 승객들. 없음. 빈 버스. 신분증. 가방. 신분증들. 생년월일. 탈주. 라이터. 불빛. 바닷바람이 라이터 불을 꺼뜨렸다. 어둠의 감식안. 테트라포드의 그림자. 방파제. 저 멀리, 마을. 다시 개. 개가 짖었다. 죽은 여자의 몸이 부패하기 전에. 소각. 수장. 매장은 불가능했다. 암매장. 불가능. 테트라포드. 무덤. 나는 항상 테트라포드들을 볼 때마다 무덤을 생각했다. 그리고 신원미상의 시체들을. 무한한 시간이 지나고 언젠가 콘크리트 블록들이 풍화와 침식의 과정을 거치고 나면 그 안에 갇혀 있던 신원미상의 화석들이. 개죽음을 맞이했던 신원미상의 시체들이. 죽음의 증거. 중력. 시간. 부패. 뼈. 어부들은 종종 형체를 알아보기 힘든 시체들을 건져 올리고는 했다. 자비. 무방비. 희비. 어둠이 어둠을 벗기 전에. 표정. 여자의 머리타래. 어깨. 흩어진. 테트라포드. 크레인. 방파제. 콘크리트. 여자의 얼굴과 온몸이 거친 콘크리트 바닥에 쏠려 뭉그러지고 있었다. 죽은 몸도 피를 흘릴까. 보이지 않는다. 여자의 몸은 무거웠다. 다른 모든 죽은 몸들처럼. 흔적. 유기. 어서 여자를 던져버려야 했다. 여자가 발견되기 전에. 내가 발견되기 전에. 손전등. 없음. 손. 안주머니. 확인. 지폐. 신분증. 이미 죽을 몸. 예정된 운명. 운명. 없음. 예정. 없음. 확률. 없음. 택시. 지방도로. 잘못된 표지판. 야생동물의 출현. 피. 속도위반. 카메라. 보이지 않으면 된다. 눈에 띄지 않으면 된다. 들키지 않으면 된다. 탈주. 기다림. 나는 잠시 방파제의 끝에 서서 담배를 피웠다. 여자는 검은 옷을 입고 있었다. 검은 스웨터. 검은 치마. 검은 몸. 검은 구두. 검은 그림자. 담뱃불로는 풍경을 밝힐 수 없었다. 담뱃불은 나를 밝힐 수도 없었다. 발을 헛딛지 않았다. 던져지는 것은 내가 아니었다. 방파제 위에 여자를 내버려두고, 그래서 날이 밝은 뒤 변사체로라도 발견될 수 있도록, 그래서 수장이 아닌 매장으로 처리될 수 있도록, 방파제 위에. 여자를. 나는 고개를 흔들지 않았다. 테트라포드는 무덤을 연상시킨다. 아무도 여자의 무덤을 찾지 못할 것이다. 아무도 여자의 무덤을 찾지 않을 것이다. 방파제의 끝. 담배. 바다. 바람. 버림.

모텔 힐베르트는 쇠락과 퇴락의 분위기를 풍겼다. 나는 이곳에 오게 된 경위를 잊어버렸다. 아니다. 심야버스 터미널. 버스 없음. 대합실. 잠겨 있었다. 닫힌 매표구 앞을 돌아 나오다가 셔츠 앞자락에 튄 핏방울을 발견했다. 핏자국. 도로. 바다는 더 이상 보이지 않았다. 불빛. 영락한 소도시. 길 건너 편의점. 횡단. 길 건너에 있던 편의점이 희미한 빛을 밝히고 있는 두어 개의 가로등과 함께. 유일한 장소. 그러나 편의점은 잠겨 있었다. 유리문을 주먹으로 두드렸으나 아무도 나오지 않았다. 낮의 풍경. 발전소. 시위. 난동. 진압. 서너 달 전의 일이라고 했다. 국밥집. 김치는 짜고 매웠다. 물은 알아서 마시라고 했다. 그리고 밤의 풍경. 풍경이라는 단어는 부적절했다. 다시 길을 건너 공중전화. 전화카드. 없음. 택시를 불러야 했다. 전화기 위에 누군가가 올려두고 잊어버린 전화카드 한 장. 공중전화부스 안에 적혀 있는 번호들. 다방. 모텔. 탈모. 발기부전. 운명 상담. 콜택시. 응급전화. 병원. 경찰서. 응급한 상황. 투입. 전화카드에는 잔액이 남아 있지 않았다. 배출. 나는 수화기를 든 채로 응급전화 버튼을 눌렀다. 신호음. 112. 신호음. 누군가가 전화를 받았다. 나는 수화기를 내려놓았다. 망설임. 나는. 다시 수화기를 들고 응급전화 버튼을 눌렀다. 신호음. 112. 신호음. 누군가가 짜증이 섞인 목소리로 응대했다. 저기. 여기. 택시를. 불러주세요. 택시를. 누군가는 여전히 짜증 섞인 목소리로 대답했다. 그리고 말이 끝나기도 전에. 신호음. 나는 수화기를 내려놓았다. 그리고 반 시간. 길 건너 편의점. 아무도 움직이지 않았다. 여자의 표정. 핏자국을 지워야 했는데. 목이 말랐다. 바닷물. 다시 시간이 지나갔다. 어둠은 요지부동이었다. 여자가 방파제 아래로 떨어질 때. 그 소리. 살갗이 벗겨지고 뼈가 부러지는 소리. 테트라포드. 거대하고 우울한 무덤. 참혹한 죽음. 나는 여자의 죽음을 계획하고 설계하지 않았다. 여자의 무덤을 구축하지 않았다. 그것은 처음부터 예정되어 있었다. 테트라포드. 거짓말처럼 택시 한 대가 다가왔다. 손을 들어 택시를 세웠다. 차창. 기사가 차창을 내리고 영업이 끝났다고 말했다. 그리고 그의 말이 끝나기도 전에. 나는 택시의 뒷좌석 문을 열고 몸을 집어넣었다. 가까운 거리. 숙소. 날이 밝기 전에. 날이 밝으면 이곳을 떠나야 했다. 기사가 고개를 흔들었다. 나는 안주머니에 들어 있는 지폐를 머릿속으로 헤아렸다. 나는 피 묻은 옷자락을 물에 헹구고 얼굴을 씻고 수염을 깎아야 했다. 요금의 네 배.

이곳보다 큰 도시로 갈 것. 가능하면 공항이 있는 도시로. 운전대 옆 조그만 시계가 새벽 두 시 이십이 분을 나타내고 있었다. 기사가 요금의 절반을 요구했다. 나머지는 도착해서. 그러나 어디로. 그리고 어디서. 보조석 앞에 부착된 등록번호와 차량번호를 확인했다. 버릇처럼. 택시. 무덤. 속도에 살해당하거나. 나는 기사가 요구하는 요금의 절반을 미리 건넸다. 택시가 출발했다. 지나가는 차. 없음. 지방도로. 2차선. 마주 오는 차. 없음. 전조등. 기사는 내게 말을 걸지 않았다. 그것은 나도 마찬가지였다. 택시는 다른 도시로 진입했다. 안녕히 가세요. 안녕하세요. 표지판. 열린 행정. 자연의 도시. 나는 기사에게 숙박업소가 많은 곳으로 가자고 했다. 기사가 핸들을 꺾었다. 좌로. 우로. 앞으로. 모텔 그리스. 모텔 모나코. 모텔 비르투오소. 모텔 모차르트. 모텔 힐베르트. 간판. 휘황. 천박. 허황. 금박. 쇠락과 영락. 전락과 추락. 나는 차창 밖으로 건물의 크기를 어림했다. 불 꺼진 방들. 불 켜진 방들. 이곳은 저곳이 되었다. 택시가 목적지에 도착했다. 공항이 있느냐고 묻자 기사가 그렇다고 대답했다. 터미널. 그렇다. 기차역. 그렇다. 항구. 그렇지 않다. 세 시 사십이 분. 모텔 힐베르트는 모텔 모차르트와 모텔 슈베르트 사이에 있었다. 나는 기사에게 나머지 요금을 건넸다. 그리고 남아 있는 지폐를 머릿속으로 헤아렸다. 하품. 기지개. 기사가 택시에서 내렸다. 택시 보닛 위에 피가 튀어 있었다. 야생동물. 흔적. 모텔가가 내뿜는 환한 불빛을 받아 핏자국이 검게 빛났다. 야생동물. 보호구역. 갑자기 튀어나왔던 동물은 노루도 고라니도 아니었다. 그러면 무엇. 전조등. 하얗게 질린 동물의 눈. 명명백백. 기사의 입에서 욕지기가 튀어나왔다. 속도위반. 카메라. 감시. 기사는 내내 시속 140킬로미터를 유지했다. 나는 뒷좌석에 앉아 있었다. 눈에 띄지 않도록. 카메라. 야생동물. 출현. 두 번째 죽음. 아니 세 번째. 아니 다섯 번째. 아니 일곱 번째. 아니 열한 번째. 기사가 와이퍼를 작동시켰다. 피는 핏빛이었다. 핏빛 얼룩이 하얀 거품과 뒤섞였다. 후진. 전진. 택시가 죽은 동물을 타 넘었다. 사체가 짓이겨지는 묵직한 소리. 내 옷에 묻은 핏자국을 동물의 것으로 설명할 수 있겠다고 생각했다. 보닛 위를 걸레로 닦고 있는 택시기사를 뒤로 하고 나는 모텔 힐베르트에 들어섰다. 출입문은 잠겨 있지 않았다.

기억은 생생하지 않다. 어둠만이 생생할 뿐이다. 생생한 생경. 화분. 난으로 짐작되는 식물이 시들어 있었다. 수족관. 어항. 불 꺼진 수족관 안에서 금붕어 한 마리가 배를 뒤집고 수면에 떠올라 있었다. 죽어가는 것. 죽어버린 것. 출입문. 복도. 검은 벽. 거울. 복도의 양 벽에 거울 두 개가 마주 보고 걸려 있었다. 끝없이 반사되는 상. 끝없이 반사되는 눈길. 서두름. 그러나 나는 천천히 복도를 지났다. 복도에 깔린 매트가 축축하게 젖어 있었다. 자판기. 고장. 카운터 옆. 장식장. 수석. 돌. 커다란 액자. 호랑이. 그림. 종이호랑이. 바위. 이발소 그림. 여관. 모텔 힐베르트. 호텔. 여관. 여인숙. 음습함. 습기. 카운터 위에 벨이 놓여 있었다. 벨을 누르세요. 나는 벨을 눌렀다. 열세 번째 죽음. 그 순간 나는 어떤 죽음도 생각하지 않았다. 하룻밤 자고 나면 나는 다른 도시로 갈 것이다. 그곳에서 열일곱 번째 죽음과 마주치지 않을 것이다. 1층에는 창문이 없었다. 나는 고개를 돌려 출입문 쪽을 바라보았다. 여전히 보닛의 핏자국을 지우고 있는 택시기사의 모습이 흐릿하게 눈에 들어왔다. 말라붙기 전에. 부패하기 전에. 나는 다시 한 번 벨을 눌렀다. 진열장. 수석. 돌. 정수기. 물. 갈증. 물을 마셔야 한다. 정수기 위에 종이컵. 종이컵 안에 물. 계단으로 연결된 위층에서 슬리퍼를 끄는 소리가 희미하게 들려왔다. 돌을 수집하는 취미. 무게. 무덤. 무덤가의 돌. 비석. 빗돌. 빗물. 물. 나는 물을 마셨다. 물은 미지근했다. 위층이 아니라 지하. 아래층에서 발소리와 열쇠들이 서로 부딪히는 소리가 들려왔다. 계단의 수평. 주인 남자가 느릿느릿한 발걸음으로 계단을 올라오고 있었다. 나는 그를 향해 돌아섰다. 머릿속으로 남아 있는 지폐를 헤아렸다. 충분하다. 그러나 언제까지 충분할 수 있을까. 내일. 모레. 글피. 내년. 십 년 뒤. 십 년하고도 일주일 뒤. 인기척 없음. 예외. 주인 남자가 슬리퍼를 끌며 나타났다. 방. 가격. 1인. 아침. 공항. 터미널. 기차역. 어디로. 주인 남자가 열쇠로 카운터와 연결된 방문을 열었다. 장부. 1인. 삼만 원. 나는 그에게 만 원 권 석 장을 건넸다. 그가 열쇠 꾸러미를 뒤졌다. 하룻밤의 열쇠. 그는 턱 끝으로 왼쪽을 가리키며 1호실로 들어가라고 했다. 나는 하필이면 카운터 바로 옆방에 묵게 된 것이 탐탁잖았다. 그러나 주인 남자는 완강했다. 만실. 없음. 나는 피로한 표정을 숨기지 못했다. 나는 위층 방을 요구했다. 그러나 주인 남자는 방이 모두 꽉 찼으며, 그나마 방금 1호실이 겨우 비었다는 대답만을 되풀이했다. 주인 남자의 구겨진 셔츠 자락이 눈에 들어왔다. 움직이지 않는 두 눈. 오래된 얼굴. 그가 텔레비전을 켰다. 구형. 브라운관. 뉴스가 보도되고 있었다. 서해안. 호우주의보. 조업 중단. 나는 머뭇거렸다. 어쨌거나 하룻밤이다. 사체가 차체에 짓이겨지던 소리. 바큇자국. 스물세 번째 죽음. 마주치지 않을 것이다. 나는 그가 카운터 위로 내민 열쇠를 받아 들었다. 뉴스가 계속되고 있었다. 동해안. 이상 기온. 나는 주인 남자에게 이 도시의 지도가 있느냐고 물었다. 관광객을 가장하려던 것은 아니었다. 그리고 택시가 자주 다니느냐고도 물었다. 주인 남자는 카운터 너머 구석의 서랍을 뒤져 지도를 꺼냈다. 그의 시선은 텔레비전을 향해 있었다. 지도를 카운터 위에 올려놓는 주인 남자의 손마디가 눈에 띄게 굵었다. 반지. 텔레비전. 한 지방도시에서 살인 사건이 일어났다. 다른 소도시에서 가스 폭발 사고가 일어났다. 하루에 한두 건. 참사. 재앙. 살풍경. 택시는 자주 다니는 편이라고 그가 대답했다. 택시를 불러줄 수 있다고도 했다. 내가 고개를 끄덕이며 돌아서려는 찰나. 치약. 칫솔. 자판기. 동전이 필요하다면 지금. 죽은 금붕어가 떠 있는 수족관 옆. 젖은 지폐. 나는 천 원권 두 장과 오백 원 동전 네 개를 맞교환했다. 새벽에 나간다면 벨을 누른 뒤 키를 놓고 가라고 그가 말했다. 그리고 혹시. 그렇게 말하며 그는 내 얼굴을 똑바로 올려다보았다. 그리고 혹시. 누군가가 방문을 두드린다면. 한밤중에 누군가가. 방문을 두드린다면. 화장실과 연결된 옆방으로 가라고. 그렇게 말하며 그는 내 얼굴을 똑바로 올려다보았다. 그리고 혹시.

방에는 불이 켜져 있었다. 벽지. 진홍색과 흰색. 커튼. 낡음. 창문. 열리지 않았다. 침대 위에 개켜진 이불에서 곰팡내가 났다. 거울. 모서리. 유리 가루. 거울 아래 화장대. 머리빗. 누군가의 머리카락 한 올. 여자의 머리카락. 아마도. 테트라포드. 여자의 무덤. 나도 언제나 테트라포드를. 나의 무덤으로. 지정하고 싶었다. 흔적. 카운터 안쪽에 놓여 있던 것과 동일한 텔레비전이 화장

대 끝에 놓여 있었다. 두 번째 죽음. 그것은 옥상 위에 있다. 옥
상의 주소. 불명. 세 번째 죽음. 신원미상. 첫 번째 죽음은 기억
에 없다. 그것은 너무 오래되었거나 아니면 처음부터 존재하지
않았거나. 텔레비전을 켰다. 케이블 채널. 동물 다큐멘터리. 암
사자가 가젤을 사냥한다. 가젤의 성별. 불명. 방에는 시계가 없
었다. 안주머니에 손을 넣어 지폐 다발을 꺼냈다. 그리고 신분증.
아니. 신분증들. 맨 위의 신분증 안에서 여자가 얼굴을 찌푸리고
있다. 어떤 표정. 마지막 표정. 1982년. 여자의 생년. 2012년. 여
자의 몰년. 아마도. 여자는 나와 같은 해에 태어났다. 서른한 살.
31. 열한 번째 소수. 나는 그간 모아온 신분증들을 화장대 위에
늘어놓고 개수를 셌다. 열한 개. 열한 명의 남녀노소가 나를 응
시했다. 가젤의 신분증. 그런 것은 없다. 암사자가 가젤의 목덜
미를 물었다. 화면이 흔들린다. 모래 먼지. 몇 시쯤 되었을까. 아
마도 새벽 네 시쯤. 지폐 다발은 아직 두껍다고 말할 수 있을 정
도다. 얼마나 남았을까. 그러나 지금은 돈을 세고 싶지 않았다.
어쨌거나 날이 밝는 대로 택시를 불러 공항이나 터미널로 가야
했다. 다른 도시로. 목적 없이. 이유 없이. 사냥은 끝났다. 암사자
가 먹이를 운반한다. 세 번째 죽음. 정체불명. 내 신분증은 없다.
나는 그런 것을 지니고 다니지 않았다. 채널을 돌렸다. 심야뉴스.
서해안에 내려진 호우주의보. 파고. 조업 중단. 물결은 높게 일겠

습니다. 터무니없이 높게. 테트라포드. 여자의 무덤. 살해한 사람을 테트라포드 더미에 던져버린 것은 이번이 처음이었다. 테트라포드가 있는 풍경을 볼 때마다 나는 무덤을 연상했다. 어렸을 때. 처음 지나쳤던 바다. 우리는 말없이 바다를 지나쳤다. 해안도로. 그런데 우리는 누구였을까. 다시 텔레비전. 지난 삼 년간 고의적으로 동네 야산에 불을 지르던 방화범이 붙잡혔다. 모자를 눌러쓴 방화범이 연신 잘못했다는 말을 되풀이했다. 잘못했습니다. 잘못했습니다. 불에 탄 흔적. 영상. 나는 침대 끝에 앉아 담배를 피웠다. 침대 옆 탁자. 재떨이. 재떨이 안에 담배꽁초 두 개가 들어 있었다. 그것이 의아하게 여겨졌다. 화장대 위 일렬로 놓인 열한 개의 신분증. 누군가의 머리카락 한 올. 그것은 거의 보이지 않았다. 오늘이 마지막일까. 마지막은 없다. 나는 마지막을 볼 수 없을 것이다. 아마도. 마지막은 나의 죽음 이후에 나타날 것이다. 열세 번째 죽음 이전에. 열일곱 번째 죽음 이전에. 채널을 돌렸다. 드라마의 한 장면. 누군가가 쓰레기통을 뒤진다. 장면이 바뀐다. 누군가가 거울을 들여다보며 흡족한 표정을 짓는다. 남자와 여자. 의미 없음. 제3의 인물. 처음 등장했던 사람이 제삼자의 뺨을 때린다. 서늘한 표정. 그러자 제삼자가 뺨을 때린 상대방의 뺨을 때린다. 의미 불명. 바람이 분다. 텔레비전 속에서. 담배를 재떨이에 눌러 껐다. 세 개의 담배꽁초. 전등불을 끄고 침대에 누우려다가 문득 요의를 느꼈다. 그리고 혹시. 주인 남자의 마지막 말이 문득 다시 떠올랐다. 화장실과 연결된 옆방으로 가라던. 그리고 혹시. 전등 스위치로 가져가던 손을 거두고 방문과 면한 화장실로 향했다. 불을 켰다. 작은 화장실. 하늘색 세면대. 깨진 타일. 건너편 타일 벽에 쪽문이 하나 붙어 있다. 요의. 쪽문으로 다가갔다. 그러나 잠겨 있다. 길게 소변을 본 뒤 세면대에 물을 받아 얼굴을 씻었다. 옷자락에 튄 핏방울. 세면대 위에 칫솔과 치약을 올려놓았다. 나는 셔츠를 벗어 핏물이 든 부분에 비누칠을 했다. 피는 핏빛이었다. 물. 물거품에 대한 은유. 물기를 쥐어짰다. 핏빛. 분홍빛. 무색투명. 무취. 무미. 나는 다시 한 번 쪽문을 쳐다보았다. 그것의 존재가 의아하게 여겨졌다. 화장실과 연결된 옆방으로 가라던. 누군가가 방문을 두드린다면. 농담. 어쩌면. 아마도. 그러나 내가 무엇을 더 생각하기도 전에 죽은 여자의 무게가 나를 내리눌렀다. 왜. 여자가 그렇게 물었다. 왜. 나는 대답하지 않았다. 열한 명 모두 내게 물었다. 왜. 나는 한 번도 대답한 적이 없었다. 아무것도. 아무 말도. 어떤 문장. 어떤 질문. 왜.

열한 개의 죽음. 열한 개의 도시. 크고 작은. 버스. 택시. 트럭. 기차. 터미널. 새벽. 늦은 밤. 태풍경보. 맑음. 서늘함. 고온건조. 습기. 안개. 안개에 대한 애착. 그러나 장대비가 내리는 날. 차음.

비명의 가로막힘. 왜. 빗물에 쓸려간 질문. 빗물이 씻어내린 핏자국. 흔적들. 어느 허름한 가게에서 담배와 음료수를 사 들고 나오다가 건물 벽에 붙은 수배전단을 본 적이 있다. 이름. 얼굴. 인상착의. 범행일시. 밤벌레. 텔레비전. 나는 없었다. 흘러가는 화면들. 오늘의 사건사고. 여자는 아직 발견되지 않았다. 여자는 내일도 발견되지 않을 것이다. 지구상에 남아 있는 시체들의 숫자. 적어도 이 도시에 남아 있는 시체들의 숫자. 몇 구. 알 수 없음. 숫자에의 매혹. 2 다음에는 3, 3 다음에는 7, 7 다음에는 11. 영혼의 무게. 그런 것은 없다. 가로 2.5미터. 세로 2.2미터. 높이 2.23미터. 나는 끝자락이 축축한 셔츠를 화장대 의자에 걸쳐두고 침대에 누웠다. 맴놀이. 퀴퀴함. 시큼함. 눈을 감았다. 되살아나지 않는 사람들. 날이 밝으면 공항으로 갈 것이다. 지도. 공항. 시의 외곽. 첫 비행기를 타고 그 비행기가 목적하는 도시에 내려 이름과 나이와 표정을 지울 것이다. 이륙하는 순간. 나는 한 번도 비행기를 타본 적이 없었다. 허공. 공중. 하늘. 창공. 높이. 속도. 나는 열한 개의 신분증 중 어떤 것을 사용할 수 있을지 잠시 생각했다. 열한 명의 남녀노소가 여전히 나를 바라보고 있었다. 십일 년. 십일 년이 걸렸다. 열한 개의 죽음. 첫 번째 죽음은 잊어버렸다. 기억은 생생하지 않다. 두 번째 죽음. 이하생략. 단지 어둠만이. 그날의 어둠. 헐떡임. 달리고 또 달리던. 언덕. 굴다리를 지나. 다시 완만

한 언덕을. 눈을 떴다. 형광등. 깜빡임. 진동. 천장에 죽은 벌레가 말라붙어 있다. 벌레의 죽음. 벌레만도 못한. 은유와 비유. 수식. 형용. 야생동물의 출현. 출현과 동시에 죽음. 입장과 동시에 퇴장. 그런 일이 실제로 가능했다. 가짜 이름. 비명의 흔들림. 충격. 어서 날이 밝기를 바라며 나는 다시 눈을 감았다. 그런데 소리. 나는 눈을 떴다. 어디에서. 화장대. 커튼. 텔레비전. 드라마. 처음 보는 얼굴들이다. 텔레비전에서 나오는 소리는 아니었다. 쓰레기통. 천장. 벌레들. 천장과 벽이 맞닿는 모서리. 곰팡이. 이불. 다시 소리가 들려왔다. 문을 천천히 두드리는 낮은 소리. 몇 시나 되었을까. 알 수 없음. 해가 뜨려면 아직 두어 시간 더 남아 있을 터였다. 그리고 혹시. 나는 기다렸다. 누군가가 문 앞에 서 있었다. 일정한 간격. 두 번 두드리고 두 번 쉬는. 규칙. 불규칙. 나는 천천히 침대에서 몸을 일으켜 아랫자락이 젖은 셔츠를 손에 쥐었다. 소리. 문. 슬리퍼. 운동화. 이제 보니 운동화에도 핏자국이 남아 있었다. 희미함. 슬리퍼를 신고 문 앞에 섰다. 비상등. 이쪽과 저쪽. 누구. 나를 추적해온 것일까. 그들도 시속 140킬로미터로 달렸을까. 방파제. 테트라포드. 어디서부터. 열 번째 죽음에서부터. 혹은 아홉 번째 죽음에서부터. 알 수 없음. 식은땀. 어지러움. 문에 귀를 바싹 붙였다. 흔들리는 문. 문의 두께. 건너편. 인기척 없음. 문손잡이에 손을 가져다 댄 채 나는 조용히 기다렸다. 다시 문을 두드리는 소리. 내가 문을 열지 않아도 열릴 문은 언제고 열릴 것이다. 누구. 대답 없음. 다시 한 번 물었다. 누구세요. 나요. 문밖의 사람이 대답했다. 문 열어요. 나. 나는 누구일까. 나는 문을 열었다. 문밖에 주인 남자가 서 있었다. 구겨진 셔츠 자락. 슬리퍼. 열쇠가 잘그락거리는 소리. 옆방으로 가셔야겠습니다. 그가 말했다. 왜. 묻고 싶었으나 묻지 않았다. 왜. 그것은 마지막 질문이다. 2호실이 비었습니다. 그 방으로. 주인 남자의 어깨 너머로 카운터의 절반이 보였다. 가시오. 누군가가 카운터 위에 팔을 얹고 있었다. 팔의 절반. 누군가의 손목. 기름한 손가락. 나머지는 보이지 않았다. 내 표정이 순간적으로 무너졌다. 그것을 눈치챈 주인 남자가 어깨를 으쓱했다. 이미 예고했다는 듯. 그는 문지방을 한 발 넘어 들어오더니 화장실 안쪽을 손가락으로 가리켰다. 저 문으로 들어가시오. 2호실이 비어 있으니.

　잠시만 기다려요. 짐. 짐을 챙겨야 했다. 화장대 위에 늘어놓은 신분증들. 침대 위에 펼쳐놓은 안내지도. 일단 셔츠를 입었다. 아까 봐둔 2호실은 1호실보다 안쪽에 있었다. 더 어두운 곳. 어둠. 그러나 고작 2.2미터 안쪽으로 물러나는 것일 뿐이다. 벗어놓은 겉옷. 안주머니. 신분증들을 챙겨야 한다. 의심. 수색. 열한 장의 신분증이 가지런히 쌓인다. 지도. 처음 접혀 있던 대로 다시 접기란 수월하지 않았다. 구겨지는 사방위. 어디로. 문간을 돌아보니 주인 남자가 태연하게 방 안을 들여다보고 있었다. 참. 쪽문. 잠겨 있던데요. 내가 말했다. 열려 있을 거요. 그가 말했다. 모텔. 체류. 하룻밤. 표류. 영원히. 겉옷을 입고 안주머니에 지도와 신분증들을 넣었다. 그리고 지폐 다발. 텔레비전이 손놀림을 가리고 있었다. 채널 안내. 텔레비전을 껐다. 그런데 왜. 몇 시나 되었습니까. 내가 물었다. 다섯 시가 조금 못 되었습니다. 그가 대답했다. 그런데 왜. 새벽 다섯 시가 가까운 시각. 옆방으로 옮기라는 이유. 그러나 나는 그의 심기를 불편하게 하고 싶지 않았다. 신고. 고발. 수상한 낌새. 두려움. 날이 밝자마자 공항으로 갈 것이다. 쪽잠. 벨이 울렸다. 열린 문밖. 카운터 위. 새로운 손님. 기다려요. 주인 남자가 그쪽을 향해 고개를 돌리고 말했다. 나는 방에 들어올 때와 똑같은 모습으로 주인 남자 앞에 섰다. 그가 고개를 끄덕거렸다. 화장실. 깨진 타일. 곰팡이. 하늘색 세면대. 하늘색 변기. 모든 하늘색 사물들이 청량감을 보장하는 것은 아니다. 샤워기. 물이 똑똑 떨어지고 있었다. 쪽문. 아랫부분의 페인트칠이 벗겨져 있었다. 흰색. 그러나 검게 보였다. 쪽문 손잡이에 손을 얹었다. 찰각. 소리. 문이 열렸다. 키를 낮추느라 몸을 숙인 채 나는 쪽문으로 들어섰다. 또 다른 화장실. 하나. 그러나 반대편 샤워기 쪽에 쪽문이 하나 더 있다. 담배꽁초. 하나. 핏자국. 셀 수 없음. 1호실에 두고 온 것들. 문득 1호실 재떨이에 남아 있던 두 개의 담배꽁초에 생각이 미쳤다. 그리고 배수구로 흘러간 핏빛 거품. 이것. 저것. 누구의 것. 나의 것은 아니었다. 화장실. 2호실. 하늘색 변기. 하늘색 세면대. 깨진 타일. 반대편이 쪽문. 아랫부분의 페인트칠이 벗겨져 있었다. 쪽문으로 다가갔다. 반대편의 쪽문으로. 잠겨 있다. 기묘한 안도. 흰색. 검은색. 내가 막 열고 나온 쪽문 옆에 방으로 통하는 문이 있었다. 하나의 화장실. 세 개의 문. 샤워기에서 물이 새고 있었다. 1호실에 칫솔과 치약을 두고 왔다는 사실을 깨달았다. 그 순간. 방으로 들어갔다. 방에는 불이 켜져 있었다. 방에는 불이 켜져 있었다. 벽지. 진홍색과 흰색. 커튼. 낡음. 창문. 열리지 않았다. 침대 위에 개켜진 이불에서 곰팡내가 났다. 거울. 모서리. 유리 가루. 거울 아래 화장대. 머리빗. 누군가의 머리카락 한 올. 여자의 머리카락. 아마도. 테트라포드. 모텔. 힐베르트. 2호실은 1호실과 동일한 구조였다. 화장대. 텔레비전. 거울. 머리빗. 머리카락. 없음. 텔레비전은 꺼져 있었다. 형광등이 깜박거렸다. 불안. 로션 뚜껑이 열려 있었다. 인공적인 멜론향. 나는 겉옷을 벗어 문고리에 건 뒤 침대에 누웠다. 개켜져 있던 이불을 펼쳐 턱 밑까지 끌어당겼다. 잠. 쪽잠. 두 시간이라도 잠을 자둬야 한다. 일어나면 간단히 씻고 방을 나설 것이다. 공항의 식당. 요기. 커피. 아마도. 잠을 쫓기 위한. 담배 생각이 났다. 테트라포드. 검은 옷. 검은 그림자. 검은 비명. 검은 바다. 불빛도 검었다. 어둠과 어두움. 호우주의보. 서해의 어디부터 어디까지. 빗소리는 들리지 않았다. 여자의 몸은 어디부터 어디까지. 여자의 구겨진 몸은 어느 방향으로. 팔과 다리는 어느 방향으로. 동쪽. 혹은 서쪽. 죽은 자들은 모두 서쪽으로. 서녘. 녘. 넋. 여자를 따라갔다. 편의점 앞. 여기부터. 방파제. 여기까지. 여자와 나의 생년월일은 같지 않았다. 어쩌면 몰년 역시도. 아마도. 여자가 저항했다. 예정된 상황. 칼. 신문지와 비닐봉지로 싸여 가방에 들어 있던 칼. 신문지와 비닐봉지는 바람이 실어갔다. 그리고 파도가. 가방과 칼. 그것은 테트라포드가 삼켰다. 여자와 마찬가지로. 열한 번째 죽음. 그러나 여자는 첫 번째 죽음을 맞이했다. 테트라포드. 쇄파. 월파. 예고된 무덤. 화장실 샤워기에서 물이 떨어지는 소리가 들려왔다. 간헐적으로. 한 방울의 물로는 누구도 살해할 수 없다. 한 방울의 물. 두 방울의 물. 세 방울의 물. 한 사람을 살해하기 위해서는 몇 방울의 물이 필요할까. 알 수 없음. 백만 방울의 물. 어쩌면. 저항이 변수로 작용할 것이다. 아마도. 침대에서 일어나 겉옷 주머니에서 담배와 라이터를 꺼냈다. 바닷바람. 없다. 인적. 없다. 인기척. 마찬가지. 2.2미터. 너비. 혹은 폭. 담배에 불을 붙였다. 손 닿는 곳에 재떨이가 있었다. 담배꽁초는 없었다. 뚜껑이 열려 있는 로션 병. 누군가가 있었다. 나 이전에. 아니. 내가 들어오기 직전에. 담배를 문 채로 화장대 쪽으로 다가갔다. 로션 병을 손에 들었다. 인공적인 멜론향. 입구 가장자리에 로션 액이 묻어 있다. 아직 말라붙지 않았다. 손이 금세 미끄러워진다. 오른손. 로션 병을 내려놓았다. 누군가가 있었다. 내가 들어오기 직전에. 그 사람은 어디로. 다시 화장실 문을 열었다. 내가 들어온 쪽문. 잠겨 있다. 더러운 타일 바닥에 담뱃재가 떨어졌다. 더러움. 더러움 위의 더러움. 반대편 쪽문으로 다가갔다. 잠겨 있다. 쪽문을 두드렸다. 허망한 소리. 응답이 없다. 몇 번 더. 무응답. 착각일 수도 있었다. 쪽문에 오른쪽 귀를 가져다 댔다. 희미한 텔레비전 소리. 아닐 수도 있었다. 나는 짝이 맞지 않는 욕실용 슬리퍼를 신고 더러운 타일 바닥 위를 서성거렸다. 담뱃재가 떨어졌다. 더러움 위의 더러움 위의 더러움. 그러나 더러움에는 위아래가 없다. 물이 새는 샤워기. 어쨌거나 두 시간 뒤면 나는 이곳에 없을 것이다. 두 시간. 잠이 올 것 같지 않았다. 하늘색 세면대. 미량의 치약 거품이 묻어 있다. 칫솔. 없다. 치약. 없다. 세면대 위 거울에도 치약 거품이 약간 튀어 있다. 그것을 손가락으로 문질렀다. 지워진다. 축축함. 물기.

누군가가 있었다. 확실히. 그것도 방금 전까지. 그리고 혹시. 주인 남자의 말. 누군가가 방문을 두드린다면. 한밤중에 누군가

가. 방문을 두드린다면. 화장실과 연결된 옆방으로 가라고. 그렇게 말하며 그는 내 얼굴을 똑바로 올려다보았다. 그리고 혹시. 내가 들어온 쪽문. 그러나 헷갈리기 시작했다. 아니다. 이쪽이 맞다. 내가 들어온 쪽문. 손잡이를 돌렸다. 움직이지 않는다. 쪽문. 덜컹거리지도 않는다. 흔들림도 없이. 광고에나 나올 법한 견고함. 조악한 만듦새에도 불구하고. 불구. 손잡이를 이리저리 비틀었다. 무용. 문은 단단히 잠겨 있다. 그러나 누가. 그리고 어떻게. 문을 두드렸다. 천천히. 그리고 세게. 여러 번. 서너 번. 간격. 묵묵부답. 테트라포드. 콘크리트 이형 블록. 여자의 표정. 실낱. 두 개의 쪽문이 단단히 잠겨 있는 것을 확인하자 방문도 잠겨 있을지 모른다는 생각이 들었다. 안 된다. 그래서는 안 된다. 나는 다른 도시로 가야 한다. 이름과 나이와 표정을 새로 가질 것이다. 날이 밝자마자. 아니 날이 밝기 전에. 가능하다면 지금. 불 꺼진 공항에서 날이 밝기를 기다리더라도. 2호실 문. 비상등이 켜졌다. 문고리에 손을 얹고 잠시 숨을 내쉬었다. 안전장치는 걸려 있지 않았다. 문. 문고리. 혹은 문손잡이라 불리기도 하는 사물. 문고리 혹은 문손잡이를 감싸 쥐고 손목을 비틀었다. 문이 열렸다. 2. 복도. 복도와 마주한 문. 문 위의 플라스틱 숫자. 2. 방 번호. 고개를 카운터 쪽으로 길게 뺐다. 아무도 없다. 텔레비전. 꺼져 있다. 왼쪽. 1. 오른쪽. 3. 1호실 앞으로 다가갔다. 문

앞에서 잠시 숨을 내쉬었다. 두드림. 세 번쯤. 그러나 아무런 응답도 없다. 어둠. 침묵. 테트라포드. 입방체. 용적률. 공간 사이의 빈틈. 여자의 무덤. 거대한 다면입방체들. 방파제. 유한한 삶. 나는 다시 1호실의 문을 두드렸다. 여러 번. 그러나 아무런 응답도 없다. 여보세요. 내가 외쳤다. 아무도. 안. 계십니까. 안에. 아무도. 그러나 아무런 응답도 없다. 문을 열고자 했으나 열리지 않았다. 1호실. 카운터로 갔다. 카운터 위의 벨. 벨을 누르세요. 나는 벨을 눌렀다. 차임벨. 긴 소리. 짧은 적막. 예상외로 주인 남자가 빠르게 나타났다. 기묘한 안도감. 맥이 풀렸다. 이 질문은 하고 싶지 않았다. 왜. 이것은 보통 마지막 질문이다. 피하고 싶던 우연이 찾아왔을 때. 그러나 왜. 방을 옮기라고 한 이유. 내가 물었다. 주인 남자가 하품을 했다. 기지개. 졸린 표정. 급한 손님이 계셨기 때문이라고. 그가 대답했다. 아까의 손님처럼. 옷자락에 핏자국이 튀어 있던 손님처럼. 급히 들어온 손님이 계셨기 때문이라고. 그가 대답했다. 나는 불현듯 젖어 있던 셔츠 자락을 내려다보았다. 흐릿해진 핏자국. 거의 눈에 띄지 않는다. 맥놀이. 그런데 왜. 쪽문으로 이동해야 하는가. 나는 두 번째로 질문했다. 왜. 가능하다면 질문하지 않는 편이 낫다. 질문하지 말고 알아차리는 편이 나았다. 주인 남자. 하품. 두 번째. 그것은. 그가 말했다. 그게 낫죠. 그가 대답했다. 이곳에 오는 손님들이. 서로 마주쳐서 좋을 일이 뭐가 있겠소. 규칙. 법칙. 불문율. 모텔 힐베르트. 모텔 슈베르트. 모텔 나일. 모텔 발렌시아. 모텔 새벽. 모텔 달. 새까만 지방도로를 빠져나온 택시가 환락가에 들어서던 장면. 차창 밖. 휘황한 일사불란. 내가 굳이 모텔 힐베르트 앞에서 택시를 세웠던 까닭은 이곳이 가장 허름한 외관을 지니고 있었기 때문이었다. 사창가. 아마도. 뜨내기들. 검은 손들. 발길질. 피. 아마도. 휘청거림. 칼. 그러니 옮기라면 옮기고. 있으라면 있어요. 주인 남자가 말했다. 새벽에 나가거들랑 열쇠 꼭 놓고 가시고. 벨도. 벨은 왜. 그러나 나는 더 이상 묻지 않았다. 벨을 누르세요. 아무도 없다면. 세 번째 질문. 그것은 보통 마지막 질문이 된다. 주인 남자가 계단 아래로 사라졌다. 슬리퍼. 금붕어. 진열장. 돌. 죽은 금붕어의 하얀 배. 그리고 혹시. 계단 아래쪽에서 주인 남자의 목소리가 들려왔다. 며칠 더 계시려거든 내일 알려주시고. 그가 말했다. 나는 대답 없이 2호실 쪽으로 다가갔다. 2. 2호실. 3호실. 4호실. 그다음에는 5호실이 있을 터였다. 5호실 다음에는 6호실이. 6호실 다음에는 7호실이. 예정된 순번처럼. 누구나 알고 있는 규칙대로. 복도의 끝은 어둠에 잠겨 보이지 않았다. 8호실이 위치한 복도부터 급속도로 어두워졌다. 2.2미터 곱하기 8. 복도의 길이는 적어도 17.6미터였다. 나는 복도를 따라 걸었다. 9호실. 10호실. 11호실. 11호실은 내게 열한 번째 죽음을 생각나게 했다. 그리고 12호실. 13호실. 나는 언제나 13이라는 숫자를 좋아했다. 그리고 14호실. 15호실. 16호실. 그리고 17호실. 일곱 번째 소수. 행운의 숫자. 복도 끝. 보이지 않았다. 어둠. 어두움. 내친김에 조금 더. 어디부터. 18호실. 어디까지. 31호실. 31. 열한 번째 소수. 나는 어제 서른한 살이 되었다. 그러나 복도의 끝은 여전히 어둠에 잠겨 있었다. 2.2미터 곱하기 31. 68.2미터. 약간의 오차를 허용한다면 대략 70미터. 그러나 복도는 무한정 뻗어 있는 것처럼 보였다. 끝이 존재하더라도 어둠이. 어둠에 가려져. 보이지 않는 것은 존재하지 않는다는 뜻이었나. 이상. 불리석으로 불가능한 공간. 여자의 숨은 몸. 테트라포드가 여자의 사체를 누구의 눈에도 띄지 않게 할 것이다. 가공된 무한. 테트라포드. 바닷물이 차오르고. 방파제가 무너지지 않고. 여자가 흘러가지 않고. 누구의 눈에도 띄지 않고. 테트라포드가 파도를 가로막고.

다시 2호실. 문이 조금 열려 있었다. 진홍색. 혼탁한 백색. 침대 위에 이불이 어지러이 펼쳐져 있었다. 여전히. 인공적인 멜론향. 등 뒤로 문을 닫고 안전장치를 잠갔다. 쇠끼리 맞부딪히는 소리. 칼. 테트라포드. 금속이 콘크리트와 부딪히던 소리. 그리고 수면을 통과하던. 서늘함. 텔레비전을 켰다. 그러나 방송채널이 잡히지 않았다. 침대에 걸터앉아 지도를 꺼냈다. 잠. 잠들기는 틀렸다. 이대로 밤을 새고 날이 밝으면 바로. 공항으로. 이 도시의 이름. 비밀. 내 경로를 밝힐 수는 없다. 불탑. 사찰. 산. 언덕. 박물관. 전시관. 이 도시의 전체적인 형태는 정이십면체의 전개도를 닮아 있었다. 색인. 모텔 힐베르트. B6. 지도의 B6 구역에 포진된 모텔은 41개였다. 숫자를 확인하자 기묘한 안도감이 들었다. 그리고 모텔 힐베르트 양옆에 위치한 모텔 모차르트와 모텔 슈베르트라는 이름을 확인하고 나자. 68.2미터. 불가능함. 기묘한 안도. 41. 43. 47. 공항은 도시의 위쪽에 있었다. 예외구역. 도심에서 17킬로미터. 가장 빠른 교통수단은 택시였고, 터미널 앞에서 버스가 선다고 했다. 버스는 여섯 시 반부터. 터미널은 색인. 콜택시 업체들. 몇 시쯤 되었을까. 다섯 시 반쯤. 아마도. 진홍색. 백색. 혼탁. 옥상. 지하실. 창고. 저수지. 강. 바다. 공장. 야산. 장소의 용도변경. 불탑. 사찰. 산. 언덕. 박물관. 전시관. 밝혀진 죽음도 있고 밝혀지지 않은 죽음도 있다. 죽음은 죽음. 죽음의 동어반복. 동어반복만이 유일하다. 단 하나의 의미. 서른한 살. 만 서른. 이제는 나를 중지할 때가 되었다. 다른 도시. 다른 이름. 다른 나이. 다른 표정. 곧 여섯 시. 나는 침대에 누운 채 담배를 피웠다. 재떨이. 비어 있음. 텅. 여자의 표정. 남자의 표정. 다른 여자의 표정. 다른 남자의 표정. 마지막 표정들. 비행기가 이

륙하는 순간. 그것들은 이 도시에 매장될 것이다. 연기를 내뿜으며 눈을 감았다. 형광등 불빛. 잔상. 어룽거림. 누군가가 방문을 두드렸다. 그때. 아니. 지금. 주인 남자일 터였다. 아마도. 왜. 나는 묻고 말았다. 방문을 향해. 두드림. 소리. 멈췄다. 누군가가 부산하게 복도를 오가는 소리. 축축한. 왜. 나는 다시 한 번 묻고 말았다. 3호실로. 주인 남자의 목소리가 들렸다. 3호실로. 약간의 짜증. 화. 나는 화가 났다. 왜. 이 새벽. 방을 옮겨야 한단 말인가. 별 수 없음. 재떨이에 담배를 눌러 껐다. 지도를 접어 다시 겉옷 주머니에 넣었다. 아까와는 달리. 곧 나갈 터였으므로. 방은 내가 들어왔던 때와 똑같은 모습으로. 인공적인 멜론향. 아니. 담배 꽁초 한 개. 방문을 열지 않았다. 그저 방문을 향해 외쳤다. 알았노라고. 쪽문을 통해. 3호실로 가시오. 주인 남자가 말했다. 명령조. 알았노라고 내가 대답했다. 그가 보고 있지 않는데도 고개를 끄덕거리며.

주인 남자의 슬리퍼 소리가 멀어졌다. 왼쪽. 혹은 오른쪽. 그런데 혹시. 3호실에 있던 사람은 4호실로. 어쩌면. 아마도. 4호실에 있던 사람은 5호실로. 예정된 수순에 따라. 참을 수 없는 궁금증이 일었다. 겉옷을 입고 화장실로 들어갔다. 두 개의 쪽문. 그리고 나는 기다렸다. 쪽문 앞에서. 아니. 쪽문 옆에서. 하늘색 세면대. 낡은 샤워기. 여전히 물이 새고 있다. 한 방울. 두 방울. 샤워기 아래 물이 고여 있다. 몇 방울의 물로 한 사람을 살해할 수 있을까. 수천. 수만. 수십만. 수백만. 한 사람을 살해하는 것이 가능해지는 시점. 파악. 불가능. 나를 통과시켰던 쪽문에 귀를 갖다 댔다. 소리. 거의 들리지 않음. 그래도 어떤 소리가 들린다. 아마도 텔레비전. 혹은. 누군가가 분주히 움직이는 소리. 아마도. 어쩌면. 나는 기다렸다. 1호실의 사내. 아마도. 사내. 그가 쪽문을 열고 나오는 순간. 의도 없이. 계획 없이. 그저. 그의 얼굴을 확인하고 싶었다. 사람. 살의. 미묘함. 가방과 함께 버렸던 칼을 생각했다. 없다. 테트라포드. 칼을 삼킨 테트라포드. 샤워기 꼭지를 몸체에서 분리했다. 미지근한 물이 손바닥으로 쏟아졌다. 약간. 만약의 사태를 생각해서는 안 된다. 그런 것은 없다고 가정해야 한다. 샤워기 꼭지를 한 손에 쥐었다. 단단한 물기. 문고리가 움직였다. 하나의 문. 두 개의 문고리. 열한 개의 죽음. 나는 쪽문 앞에 버티고 섰다. 나는 그저 그의 얼굴을 확인하고 싶었다. 나와 닮지는 않았겠지만. 나와 같을. 어떤 표정. 1호실에서 2호실로. 어쩌면 2호실에서 3호실로. 어쩌면 3호실에서 4호실로. 4호실 다음. 예고된 순서대로 5호실이 있었다. 그렇게. 그렇게. 어쩌면 영원히. 아마도. 두 시간 뒤면 나는 공항에 있을 것이다. 기묘한 안도. 두 시간 뒤면 나는 이곳을 빠져나갈 것이다. 아니. 두 시간까지 걸리지도 않을 것이다. 예정된 상황. 내가 저질러온 일들은 행동이라고 불리지 않았다. 일각에서는 내가 행해온 일들을 행각이라 불렀다. 행각. 쪽문이 약간 열렸다. 행간. 샤워기 꼭지를 단단히 감싸 쥐었다. 모텔 힐베르트. 방은 모두 몇 개일까. 마지막 방에 있던 사람은 어디로. 어디로 흘러가게 될까. 테트라포드. 무덤. 그러자 영원히 이곳에 머물며 주인 남자가 명령할 때마다 다음 방으로, 그다음 방으로 건너가보고 싶다는 욕구가 일었다. 언제나 그다음이 있을지도 모른다는. 방파제 위. 나는 이제 모두 끝났다고 생각했다. 11과 31의 일치. 열한 번의 살인. 서른한 살. 녹이 말랐다. 짐을 삼켰다. 그림자. 흔들린다. 힘줄. 긴장과 이완. 심장이 뛴다. 아니. 5호실 다음에는 6호실이. 6호실 다음에는 7호실이. 7호실 다음에는 8호실이. 8호실 다음에는 9호실이. 9호실 다음에는 10호실이. 10호실 다음에는 11호실이. 11호실 다음에는. 말줄임표. 나는 앞으로 몇 년을 더 살 수 있을까. 지금. 서른한 살. 앞으로 삼십일 년 정도는 더 살 수 있을지도 몰랐다. 예순둘. 좋지 않은 숫자. 적어도 예순일곱까지는 살아야 한다. 열아홉 번째 소수. 그러면 나는 몇 번째 방에서. 몇 호실. 죽음을 맞이하게 될까. 나의 죽음. 몇 번째 죽음. 테트라포드. 그러나 그것들은 너무 멀리 있었다. 방파제 역시. 백열등이 깜박거렸다. 쪽문이 열리고 있었다. 어쩌면 일 초. 그리고 일 초. 처음 누군가를 살해했던 순간. 옥상. 고층건물. 그는 묵직하게 떠밀렸다. 낙하. 그를 최종적으로 살해한 것은 중력이었다. 마찰. 두개골이 파열되던 소리. 샤워기 꼭지를 쥔 손에 힘을 실었다. 쪽문이 열리고 있었다. 조금씩. 아주 조금씩. 영원. 찰나. 동의어. 지금 쪽문을 밀고 들어오는 자의 목덜미를 내리친다면. 한 번으로는 부족할 것이다. 두 번. 어쩌면 세 번. 그러면 나는 밀려나지 않고. 바람. 버림. 버러지. 비럭질. 세면대에 물을 받아 손과 얼굴을 씻고. 샤워기 꼭지를 비누칠해 닦고. 지문. 말소된 페이지. 쪽문이 열리고 있다. 천천히. 아주 천천히. 이제는 끝이라고 생각했다. 이제는. 정말이지. 누군가의 목을 조를 일도. 누군가의 아랫배를 칼로 찌를 일도. 누군가를 강물에 처박을 일도. 누군가의 입을 막고 칼로 찌른 뒤 테트라포드들이 벌린 아가리에 처넣을 일도. 아가리. 아귀처럼 입 벌린 무덤. 나는 테트라포드를 처음 본 순간부터. 무덤이라 생각했다. 바다의 무덤. 파도의 무덤. 시간의 무덤. 시체들이 흘러가지 않고. 난파한 생. 시체들이 떠오르지 않고. 침몰. 그러나 시체들이 가라앉지 않고. 칼을 지니고 있었다면 좋았을 텐데. 부질없는 생각. 한 번 시작된 일은 멈출 수 없었다. 그것은 모든 사건들의 운명. 쪽문이 열리고 있다. 조금씩. 천천히. 지나치게 오래 느껴지는 시간. 조금씩 벌어지는 문틈. 누군가의 뒷덜미가. 그의 어깨가. 그의 왼손이. 그의 콧등이. 그의 턱이. 보인다.

이 일이 끝나는 대로 나는 공항으로 갈 것이다. 정말이지. 이 일이 끝나는 대로. 그러나. 부질없는 다짐. 아마도. 밀려나지 않을 것이다. 흘러가지 않을 것이다. 침몰하지 않을 것이다. 테트라포드. 일격. 샤워기 꼭지를 쥔 손에 힘을 세게 주었다. 단단히. 악력. 부질없이. 악력. 문이 열렸다. 테트라포드. 테트라포드. 테트라포드.

한유주 1982년 서울에서 태어났다. 홍익대 독문과를 졸업하고, 서울대 미학과 대학원을 수료했다. 2003년 《문학과사회》로 등단했으며, 펴낸 책으로는 소설집 『달로』『얼음의 책』이 있다. 2009년 제43회 한국일보 문학상을 수상했다. 현재 텍스트 실험집단 '루'에서 활동 중이다.

모히토를 마시는 방

박 주 현

30……

저주를 받고 태어난 여성이 하나 있었다. 이 여성은 매일 영구차를 타고 집을 나서 두 꺼운 베일로 가린 얼굴을 차 뒤편으로 내밀고는 울부짖었다. "나아지기는커녕, 세상만사 는 점점 악화되기 마련이라고요."*

남자와 여자. 산 사람들과 죽은 사람들은 서로를 오해하고 있다고 생각합니다.

* 『비밀 다락방The Listing Attic』, 에드워드 고리 글·그림, 이예원 옮김, 미메시스, 2007.

나의 서른 살은 805호실에 있어요.

화장대 위에 콘돔, 세면도구와 함께 나란히. 냉장고를 열면, 거기도 있을 거예요. 과일 주스와 비타민 음료처럼 차갑게 있을걸요. 나이트 테이블의 서랍을 열어봐도 있어요. 잘 열리지 않지만, 열어보면 볼펜과 메모지가 있어요. 메모지 맨 마지막 장에 누가 남겼는지 모르는 전화번호가 적혀 있고요. 아마 그 번호처럼 무심하게 메모되어 있을지도 몰라요. 침대 리넨 시트 안쪽에도 누워 있고, 물이 가득 차 있는 욕조에도 물처럼 담겨 있죠. 붙박이 옷장도 열어보세요. 옷걸이에 주인 없는 옷가지처럼 걸려 있기도 하니까요. 아니면 빈 옷장 특유의 서늘하고 눅눅한 공기처럼 숨었을지도요. 화장대 서랍 깊숙이 들어 있을 수도 있지만 열어보려고 애쓰지 말아요. 그건 처음부터 열리지 않는 서랍이에요. 장식처럼 만들어놓은 가짜라고요. 열리지도 않는 서랍을 뭐 하러 네 개나 만들어놓았을까요? 로코코식 손잡이까지 달아서. 나는 늘 그게 궁금했어요. 지금도 궁금해요.

질문 : 시작할까요?

답변 : …….

당신이 그 방을 기억하는지 모르겠어요.

나는 몇 번이나, 자꾸만 그 방으로 되돌아가요. 우리가 마지막으로 같이 있었던 805호실로 말예요. 우리가 목요일 세 시면 함께 들어서던 그 방으로요. 다들 바쁠 것 같은 시간인데도 모텔 주차장이 비어 있는 적은 한 번도 없어요. 다종다양한 차들로 꽉 차 있다니까요. 여전히 그래요. 제일 구석에 아우디가 서 있는가 하면, 주차장 입구에 서 있는 차는 소나타 차종의 개인택시고요. 트럭에 승합차까지, 차종 종합 전시장 같다고나 할까요. 합정동 끄트머리에 위치한 모텔로 우리 말고도 이렇게 다양한 사람들이 몰려오다니. 당신을 알기 전에 나는 이곳에 모텔이 있다는 사실도 몰랐어요. 한낮에 이렇게 문전성시일 거라고도 생각하지 못했고요. 이러니 늘 같은 방을 차지할 수는 없었지만, 나는 그 방을 참

좋아했어요. 프런트 여직원에게 805호실이 비었냐고 묻곤 했죠. 쉬었다 가시는 건가요? 네, 혹시 805호가 비었으면 805호실로 주시겠어요? 그러면 당신은 어느 방이나 상관없다고, 어차피 이런 곳의 객실들은 다 비슷비슷하게 생긴 거 아니냐고, 나더러 역시 이상한 여자라고 했잖아요. 놀리듯 농담조로 말했지만, 그리고 말이 끝난 다음에는 내 허리를 꽉 끌어안아주기는 했지만, 나도 알아요. 나는 정말 **이상한 여자**예요. 한낮에 모텔을 찾는 이상한 여자, 자식을 귀찮아하는 이상한 여자, 남편을 속이는 이상한 여자, 부끄러움을 모르는 이상한 여자요. 어때요? 아직도 나를 이상하다고 생각해요?

질문 : 넉 달 전 진술을 다시 한 번 보는 걸로 시작하죠. 그렇다. 내가 그랬다, 한강에 버렸다. 그렇게 말씀하셨지요? 기억이 나지 않습니까?

답변 : 그렇게 말한 건 잘 기억이 나지 않고, 시키는 대로 답하라고 책상을 내려치던 형사님들만 생각이 납니다. 저는 제가 했다고 하지 않았습니다. 제가 한 말은 그렇습니다와 아닙니다, 두 마디뿐입니다.

질문 : 거짓말탐지기는 당신의 예, 아니요가 전부 거짓이라고 하는데요?

답변 : 거짓말탐지기는 공소의 직접 증거가 되지 못하는 걸로 알고

있습니다.

질문 : 법을 아주 잘 아시는군요?

나는 당신을 사랑하게 될 줄은 몰랐어요. 사랑이라니, 세상에.

여자들은 말이에요, 그렇게 먼 미래를 계획하지 않아요. 당신은 열 살에는 스무 살을, 스물이 되어서는 서른, 서른이 되어서는 오십까지도 계획했다고 그랬지요? 하지만 여자들은 그렇게 먼 미래를 생각하지 않으려고 해요. 먼 미래를 생각하면 늙고 비틀린 모습만 떠오르거든요. 내가 스무 살이었을 때, 나는 서른이 되는 나 자신을 상상조차 할 수 없었어요. 아, 서른이라니. 내가 그렇게 늙은 여자가 될 수도 있다니. 서른 살은 멀게만 느껴졌어요. 영영 오지 않을 미래 같았고요. 나는 나보다 열 살, 스무 살이 많은 여자들을 외면했어요. 화장으로도 가리지 못하는 잡티와 주름살, 피곤을 얼굴에 명찰처럼 달고 다니는 여자들. 날렵한 윤곽을 잃고 아래로, 아래로 흘러내리는 군살. 옷을 벗으면 드러나는 때에 찌든 빅 사이즈의 보정속옷. 반지도 팔찌도 어울리지 않는 마디 굵고 거친 손가락. 그런 것들 때문에 나는 대학을 졸업하자마자 일찌감치 남편과 결혼했어요. 그가 나에게 굵은 손가락이나 싸구려 보정속옷을 물려주지 않을 만큼 능력 있는 남자였기 때문이에요. 이런 거래에서 여자는 예쁘고 흠이 없어야 해요. 가장 건

강하고 젊을 때여야 하고요. 나는 결혼으로 젊음과 건강을 연장하기를 바랐어요.

그런 거래로도 나는 늙었어요. 어쩌면 거래 때문에 서른치고도 늙었다는 기분이 들었죠. 아이를 낳은 골반은 살짝 모양이 변해버렸어요. 배와 젖가슴에 튼 자국은 수술로도 없어지지 않는대요. 눈가와 입가는 탄력을 잃고 처지기 시작했고요. 아내니 엄마니 하는 이름으로 불리기 시작했고요. 알아요, 나는 서른 살에도 그렇게 나쁘지는 않았어요. 당신이 내가 결혼했다는 말에 놀라던 얼굴이 생각나요. 거짓말 말라고 짐짓 인상을 쓰며 한 걸음 더 가까이 다가오던 모습도요. 한 걸음 다가오면, 당신이 풍기는 미묘한 냄새. 비누 같고 동전 같은 상쾌하면서도 차가운 냄새. 내가 한 걸음 더 가까이 갈 수밖에 없게 만든 그 냄새. 지금에 와서야 그때 더 가까이 가는 게 아니라 한 걸음 뒤로 물러났어야 하는 건데, 후회해요. 그랬더라면 좋았을걸. 하지만 어쩌겠어요. 이미 늦었는걸요. 이미 벌어지고 말았는걸요.

스무 살에도 그랬지만, 서른 살에도 나는 내가 젊고 어리석다는 사실을 몰랐어요. 아마 마흔이나 쉰이 되었어도 마찬가지였을 거예요. 사실 사랑에 빠지는 사람들은 어리석은 사람들이죠. 젊은 사람들이고요. 하지만 나는 더 이상 젊지 않아요. 사랑에 빠진 다음엔 누구나 빠르게 늙어버려요. 나도, 당신도 어쩔 수 없이.

질문 : 그럼 기억나지 않는 이야기는 접어두고, 다른 이야기를 해 봅시다. 당신이 형사들을 만나기 시작했을 때로 돌아가보죠. 그게, 어디 보자. 사건으로부터는 오 년 전, 지금으로부터는 십 년 전이군요. 교수에 사업가이시니 법 공부도 하시는 것 같은데, 대한민국이 살인 사건 공소 시효가 바뀌었어요.

답변 : 압니다.

질문 : 어떻게 바뀌었죠?

답변 : ……

질문 : 읽어드리죠. 형사 소송법 제249조. 공소시효는 다음 기간의 경과로 완성하다. 개성 2007년 12월 2/일. 세일. 사형에 해딩하는 범죄는 공소 시효를 25년으로 한다. 반인륜적 범죄도 사형에 해당하는 범죄입니다. 예를 들면 성폭행을 하고 잔인하게 살해한다던가, 직계가족을 살해한다던가. 어머니를 살해했다는 혐의로 조사받으셨죠? 존속유기치사죄네요.

답변 : 어머니가 아니라 계모입니다. 그 사건에 대해서는 더 말하지 않겠습니다. 무죄확정판결을 받았으니까요.

질문 : 1심에서는 유죄였네요?

답변 : 2심과 3심에서는 무죄였죠. 유죄라는 증거도 없었어요. 나는 무죄입니다.

질문 : 앞으로 25년은 당신을 지켜볼 겁니다.

답변 : 소득 없는 25년이 되겠군요.

　마지막 날도 기억해요? 그날도 805호실이었죠. 거기서 당신을 기다렸어요. 세 시 전에 도착해서 방을 잡았어요. 당신을 만나러 올 때, 나는 늦는 법이 없어요. 당신이 제때 도착하는 법이 없는 것처럼. 그래서 그날 당신이 벨을 눌렀을 때, 나는 놀란 거예요. 정확히 세 시였거든요. 같이 걸어 들어올 때가 아니면, 언제나 이삼십 분씩 늦게 도착하는 당신을 기다리느라 느긋하게 욕조에 들어간 다음이었어요. 욕조에 라벤더 오일 입욕제를 풀고, 머리가 젖을까 봐 비닐 캡으로 둘둘 말고 있었는데 당신이라니. 그런 법이 어디 있어요. 한 번도 그런 적 없었잖아요. 여자가 준비 없이 남자를 만나게 하다니. 그것도 사랑하는 남자를. 문을 열며 허둥댄 건 그래서였어요. 좀 말끔한 모습으로 당신을 기다리려고 했다니까요. 그러나 기뻤어요. 당신이 처음으로 나를 기다리지 않게 했기 때문에 기뻤어요. 나를 위해 서둘렀기 때문에 기뻤어요. 놀랐지만 기뻐서 놀랐어요. 나는 언제나 기뻐요. 당신 때문에.
　당신을 만나기 이전엔 하루가 얼마나 길었다고요. 아마 오후 세 시쯤이 가장 지루한 시간일걸요. 점점 길게 늘어지는 오후 광선 아래서 커피나 마시고 저녁 반찬이나 궁리하는 시간이요. 커피를 몇 잔이나 마셔도 잠이 쏟아지는 시간이기도 했어요. 네 살

아이가 영어 유치원에서 바이올린 학원으로 가는 시간이고, 어쩌다 남편이나 친구가 전화를 걸기도 하는 그런 시간이죠. 아주 지루해지면 새로운 남자들과 누워 있기도 했어요. 수영강사, 헬스 트레이너, 채팅에서 만난 고등학생, 옛 남자친구, 기타 등등. 내가 두 번 전화하지 않아서 더 기쁜 남자들. 그러나 당신 때문에 오후 세 시는 완전히 변한 거예요. 목요일이 아니어도 오후 세 시면 당신이, 당신과 함께 있던 그 방이 떠올라서 어쩔 줄 몰랐어요. 나는 한강이 내려다보이는 환하고 아늑한 아파트 안에서도 온몸이 그 방으로 쏠리는 것을 느껴요. 어둑한 조명, 희고 빳빳한 리넨 침대 시트, 몇 개의 송이컵, 벽을 타고 올라가는 검은 꽃송이, 아귀가 잘 맞지 않는 서랍을 가진 나이트 테이블, 창문을 닫아도 들리는 자동차 소리, 문밖에는 카펫을 밟는 부드러운 발소리. 나는 오후 세 시면 어린 아들과 저녁반찬을 잊었고 걸려오는 전화를 놓쳤죠. 남편을 포함해 나와 잠자리에 들었던 다른 모든 남자들을 잊었어요.

당신을 만나기 이전에 남자라면 누구라도 좋았어요. 하나의 페니스와 두 개의 손, 두 개의 다리, 이럭저럭 온전한 얼굴이면 상관없으니까요. 내가 아직도 쓸 만하다고, 예쁘다고 말해주는 남자라면 말이죠. 내가 서른이고 또 마흔, 마흔다섯이 될 거라고 일러주지 않는 남자들. 나는 그들을 온전히 기억하지 못해요. 어쩌면 얼굴보다도 페니스를 더 잘 기억할지도 모르겠어요. 더 큰 것, 더 작은 것. 꽤 사랑스러운 것, 아주 흉물스러운 것. 나를 기쁘게 했던 것, 전혀 그렇지 못한 것. 부드러웠던 것과 딱딱했던 것. 어떤 것은 얼굴도 달려 있는가 하면 어떤 것은 얼굴이 없어요. 몇 명이나 되는지도 잘 모르겠어요. 세어보지도 않았고, 일일이 세어볼 마음도 없으니까. 남자들은 쉬워요. 너무 쉬워서 일일이 세거나 기억할 필요도 없어요. 하지만 딱 한 사람만은 온전하게 기억하고 온전하게 사랑해요. 그게 당신이에요. 세상에나, 이런 일이 벌어져요. 사고처럼.

질문 : 그 여자는 남편과 나 말고도 남자가 많았습니다. 한마디로 헤픈 여자였습니다. 그 여자가 만났던 남자들도 모두 조사했습니까? 그 남자들도 이렇게 몇 년씩 끈질기게 귀찮게 합니까? 그 여자 남편은요? 질투심과 복수심을 안고 있지 않았을까요?

답변 : 물론입니다. 우리 경찰은 성실합니다. 수사는 아주 성실해야만 해낼 수 있는 일이죠. 조사해보니 그들 가운데 참고인을 일일이 찾아다닌 사람은 당신밖에 없습니다. 이렇게 말해달라, 저렇게 말해달라 요구한 사람도 당신 하나고요. 왜 그럴까요? 왜 죄 없는 사람이 참고인을 찾아다니며 유리한 진술을 부탁할까요?

나는 소문을 확인하러 방으로 가요. 그 방에는 소문이 많아요. 누구는 그 방에서 끔찍한 일이 벌어졌다고 하고, 누구는 유령이 나타난다고도 그래요. 하지만 그 방 말예요, 805호실은 아직도 그대로예요. 우리가 마지막으로 같이 있었을 때와 하나도 달라진 게 없어요.

조용히 문을 열고 안으로 들어서면 제일 먼저 침대에 누워요.

특징 없는 킹사이즈의 더블베드. 하얗게 표백된 리넨 시트와 모텔 이름을 수놓은 자주색 이불보. 당신은 언제나 왼쪽에 누웠죠. 왼쪽에서 내 팬티를 벗기고, 엉덩이를 쓰다듬고, 입을 맞춰주고 그랬잖아요. 우리가 땀 흘리며 정신없이 엉켰다 풀려난 다음에도 당신은 왼쪽으로 돌아갔어요. 처음에 나는 당신이 나를 보호하느라 그러는 줄 알았어요. 왼쪽이 문에서 더 가까운 쪽이니까, 당신이 왼쪽이면 나는 벽 쪽, 좀 더 방 안쪽에 눕게 되니까. 또 알아요? 갑자기 누군가 들이닥칠 수도 있잖아요. 우리는 들킬 수도 있었잖아요. 간통, 불륜, 내연, 부적절한 관계, 부정, 일련의 그런 단어들 때문에. 나는 누군가 방으로 들이닥치는 상상을 하기도 했어요. 우리가 한창 노곤하게 늘어져 있을 때, 누군가 방문을 두들긴다면? 아니, 확 열어젖힌다면? 그게 내 남편이나 당신의 부인이라면? 그러면 나는 방 안쪽에서 당신이 누군가와 싸우는 모습을 볼지도 모른다고 상상했어요. 하지만 내가 물었을 때 당신의 답은 아주 간단하게 달렸어요. "재떨이. 재떨이가 왼쪽에 있잖아." 당신의 입과 코에서 흘러나오는 푸르스름한 담배 연기. 끈끈하고 흥건한 공기를 흐트러뜨리는 담배 연기. 나는 담배를 피우지 않으니까 재떨이가 어느 쪽에 있는지도 몰랐어요. 당신이 섹스가 끝나면 담배를 피운다는 것만 알고 있었죠. 가늘고 긴 손가락으로 담배를 꺼내 불을 붙이는 모습이 매혹적이라는 사실만 생각했었죠. 당신은 그동안 왼쪽 나이트 테이블에 놓인 재떨이 때문에 왼쪽에 누웠던 거예요. 왼쪽이냐 오른쪽이냐를 결정하는 것이 사랑이 아니라 사실은 재떨이 같은 거라니. **이상하지 않아요?**

그리고 침대로, 이마로 쏟아지는 오후의 길고 과묵한 광선.

805호실로 쏟아지는 빛이야말로 다른 빛들과 아주 달라요. 우리 집의 빛과도 모텔의 다른 방들과도 달라요. 805호실 앞으로는 시야를 가릴 만한 건물이 없어요. 확 트인 창으로 한낮 도심의 햇살이 방을 꽉꽉 채우죠. 그 빛은 얼마나 튼튼한지. 나는 환한 것을 좋아하는데, 당신은 꼭 커튼을 내렸죠. 그런데 모텔의 묵직한 면직 커튼을 내려도 빛이 커튼과 커튼 사이를 비집고 들어온다니까요. 어둑한 방에 누워서 보노라면 꼭 커튼이 빛나는 윤곽을 가진 것처럼 보인다니까요. 그러다 가장자리부터 불붙을 것 같았어요. 불타는 커튼은 얼마나 환할까요? 가끔은 커튼이 정말 불타는 모습이면 어떨까, 상상해요. 커튼에서 시작해 침대와 옷걸이까지 집어삼키는 불. 방에 있던 누구도 나갈 수 없고, 밖에 있는 누구도 손쓸 수 없는 뜨거운 불. 나는 차라리 불탔으면 좋겠다는 생각도 하거든요. 그러면 805호실은 805호실이 아니라 불탄 방이 되었을 거고, 그랬더라면 이 방은 소문만 무성한 방이 아니라 불타버린 확실한 사실이 되었을걸요. 그러면 나는 더 이상 소문을 확인하러 오지 않아도 좋을 텐데 말예요. **이 방에서는 무슨 일이 벌어졌던 걸까요?**

있잖아요, 나는 환한 곳에서 옷 벗는 게 하나도 부끄럽지 않았어요. 스무 살처럼 탄력 있는 몸매는 잃었지만 그래도 부끄럽지는 않았어요. 나의 가장 은밀한 부분들을 환하게 보여주고 싶었어요. 당신이 나의 구석구석을 봐주고, 기억해주기를 바랐어요. 어디쯤 벌써 주름졌는지, 또 내 몸의 홍건하거나 메마른 구석이 어디어디인지 당신이 알아주길 바랐죠. 당신을 끌어안고 멀리 한강과 한강 건너편의 성냥갑을 닮은 아파트들을 보고 싶었어요. 그 가운데 내가 사는 아파트가 있어요. 침대에서 일어나 다시 옷을 챙겨 입고 돌아가야 하는 아파트를 찾아보고 싶었어요. 그런 다음 당신한테 말하는 거예요. 나는 저기 있을 거예요. 당신 없이 저기 머물 거예요. 하지만 나는 당신에게 속해요. 이 방에 속해요. 그런 말을 환하게 하고 싶었어요. 그러니까 나는 환한 햇살이 조금도 부끄럽지 않았어요. 누구에게도 부끄럽지 않았어요. 그래도 내가 부끄러운 척한 건 당신이 내가 부끄러워하기를 바랐기 때문이에요. **여자는 수줍어하는 모습이 귀엽더라고.** 나는 부끄럽지 않아도 당신이 바란다면 부끄러울 수도 있어요. 진심으로 부끄러울 수 있어요. **이것 참, 이상하지 않아요?**

여자들은 원래 부끄러워할 줄 모르는 족속이에요. 부끄러움이 무엇인지 배우는데 거의 평생을 쓰죠. 우리는 부끄러운 게 뭔지 잘 모르니까 열심히 부끄러움에 대해 배워야 해요. 부끄러움의 여러 항목. 거짓말, 게걸스러움, 변덕, 성욕, 욕설, 문란, 호기심, 무절제, 욕망. 타고나지 못했으니 항목들을 외우고 또 외워도 잊어버리고 말죠. 그래서 나는 반성을 모르고 몰염치한가 봐요. 부끄러워해야 할 것들이 부끄럽지가 않아요. 남편에게 거짓말하는 것도, 아이가 짐처럼 느껴지는 것도, 가족들을 속이는 것도, 부부 공동명의의 통장에서 돈을 인출하는 것도, 제대로 씻지도 않은 채 아파트로 돌아와 남편에게 안기는 것도요.

아마 나는 탐욕스러울 거예요. 당신의 아내와 다른 여자들을 통틀어 가장 탐욕스러울걸요. 부끄러움의 여러 항목을 가장 열심히 수집하는 여자. 수집한 항목을 제일 훌륭하게 실천하는 여자. 그래도 당신이 부끄러워하는 여자를 원할 때 나는 진짜 부끄러워했어요. 당신이 내 입술에 입술을 맞댈 때, 내가 부끄러움을 모르는 여자라는 사실을 떠올리면 진심으로 부끄러울 수밖에 없더라고요.

　　질문 : 피해자와 5월 7일 출국하기로 하고는 5월 8일에 골프장을
예약하셨네요?

　　대답 : 단순한 실수입니다.

　　질문 : 출국할 의사가 없었던 건 아닙니까?

　　대답 : 날짜를 착각해 약속이 엉키기도 하죠. 형사님도 그런 경험
이 한두 번은 있으실 텐데요.

　　욕조도 기억해요? 아직도 젖어 있는 욕조, 앞으로도 젖어 있을
욕조 말이에요. 내가 정각에 도착한 당신 때문에 허둥지둥 빠져
나왔던 욕조요.

　　라벤더 향기가 온 욕실에 떠돌았는데, 당신도 맡았어요? 물을
뺀 다음에도 라벤더 향기는 떠나지 않았을 텐데. 당신이 방을 나
간 뒤에도 냄새는 당신을 따라갔을 거예요. 당신의 부인이 아무
말도 않던가요? 당신이 끌고 온 새로운 냄새에 불안해하지 않았
어요?

　　나는 당신이 아이 때문에 불편해하는 줄 몰랐어요. 병원에 같
이 가서도 지우자는 말을 안 했잖아요. 당신은 초음파 사진을 보
면서 눈물을 글썽였잖아요. 중국으로 가자고, 다 두고 앞으로는

116

우리 둘의 삶을 살자고 그랬잖아요. **새로운 인생.** 그때 나는 얼마나 기뻤는지 몰라요. 당신이 임신 때문에 화나 있을 줄 몰랐다니까요. 아기를 원하지 않는다고 솔직히 얘기했으면 저는 다른 방법을 찾아봤을 거예요. 당신이 위조 여권까지 만들어 보여준 이유를 모르겠어요. 혹시 돈 때문이었어요? 내가 당신에게 건넨 돈때문에 마음에 없는 말을 했던 거예요? 아아, 그 돈. 나는 돌려달라고는 못 했을 텐데요. 어떻게 그래요. 내 남편은 둔한 사람이에요. 그는 내가 돈을 건넨 것도, 아기를 가진 것도 몰랐어요. 입덧으로 밥을 못 넘기고 널브러져 있을 때에도 몸살이려니, 체했으려니 하더라고요. 평소에 다정한 사람도 아니면서 내게 약을 사다 줄까, 팔다리를 주물러 줄까, 따뜻한 물을 줄까 치근댔죠. 임신을 알았더라도 자기 아이라고 생각했을 거예요. 둘째가 되었겠죠. 타인을 빼닮은 아이를 안고서도 빙글빙글 웃었을 거예요. 그게 바로 내가 남편을 정말로 견딜 수 없는 이유예요. 그는 아무것도 몰라요. 아무것도 모르면서 의심도 안 해요. 질투도 의심도 없는 사랑이 어디 있어요. 확신으로만 이루어진 사랑이 어떻게 사랑이겠어요? 그는 오해의 전문가예요. 그는 우리가 서로 사랑하고 있다는 오해에 빠져 있어요. 그는 내가 어디에 속하는지 몰라요. 자신이 만든 확고한 오해 안에 나를 가둬요. 나는 그 지루한 오해를 바로잡느라 당신을 사랑하게 되었어요.

나는 침대에서 일어나 욕실로 가요. 이 욕실 풍경을 아무리 보아도 이해가 안 가요. 열 수도 없는 서랍에 달아놓은 로코코식 손잡이보다 더 이상해요. 이 많은 물로 무엇을 했는지 아무도 모른대요. 물은 욕조를 넘치고 넘쳐서 방 전체를 적시는데요. 이 방으로 돌아올 때면 복도 끝에서부터 젖은 카펫을 밟아야 하는데도. 너무 많은 물 때문에 벽지에 그려진 꽃들이 시들어가는 걸 아무도 몰라요. 시든 꽃들을 안쓰럽게 여기는 건 나뿐이에요.

욕조는 아직도 물로 가득 차 있어요. 타일 바닥도 물로 흥건해요. 그리고 희미한 라벤더 향기. 라벤더 오일은 모텔의 비치품이 아니라 내가 사온 거예요. 그러고 보니 한 번도 당신이 어떤 냄새를 좋아하는지 물은 적이 없네요. 라벤더를 좋아하는지, 아니면 사향이나 파우더 냄새를 좋아하는지. 당신은 비누 냄새를 풍기는 남자지 화장품 향을 풍기는 남자가 아니었으니까.

나는 라벤더향을 좋아해요. 깨끗하고 단정한 냄새라고 생각해요. 치정극보다 홈드라마에 어울리는 냄새요. 당신과 함께하는 라벤더 같은 인생을 상상했어요. 또 그날은 특별한 날이었으니까. 우리가 새 인생을 찾기 전날이었으니까. 목욕용 라벤더 오일은 라벤더 비누와 세트로 구입한 것인데, 비누는 뜯지도 않은 채 집에 남아 있어요. 남편은 아직도 그 비누를 건드리지 않았어요. 라벤더 비누는 욕실 수납장에서 조용히 메말라가고 있죠. 결국 비누는 버려야 할 거예요. 향도 수분도 다 날아간 딱딱한 고체가 어디에 소용이 있겠어요. 남편은 내 물건들을 모두 버릴 거예요. 나 때문에 화가 났어요. 그는 비로소 내가 오해의 감옥에서 도망 쳤다는 사실을 알아차렸거든요. 사실은 진작부터 나는 거기 없었 는데, 이제야. 그는 새로운 오해를 시작했어요. 나쁜 여자, 걸레, 창녀, 쓰레기, 배신자. 남편은 여자에게 속은 불쌍한 남자 역할을 시작했어요. 우리가 사랑으로 맺어졌다는 오해가 부르는 오해죠.

나는 조용히 거울로 다가가요. 수증기로 흐려졌던 거울에 맺힌 굵은 물방울. 거울 안에 알 듯 말 듯한 낯선 얼굴이 하나 떠올라 요. 오래 들여다본 다음에야 내 얼굴이구나, 내 얼굴이 언제 저렇 게 변했지, 하고 깨닫죠. 너무 늙었어요. 너무 메말랐어요. 나는 이 방에서 나이 먹었어요. 서른 살이 아니라 삼백 살, 삼천 살 먹 은 노파 같아요. 차라리 모르는 얼굴이라고 하는 편이 낫겠어요. 여기 당신이 없다는 사실이 다행스러워요. 이런 얼굴을 당신이 사랑할 리 있겠어요?

질문 : 겨우 서른 살이었어요. 임신 오 개월에 어린애도 있고, 가정 도 있었죠. 어떤 생각이 드십니까? 불쌍하지도 않았어요?

답변 : 어린애도 있고, 가정도 있는 여자가 몸을 함부로 굴렸습

니다. 겨우 서른 살인 여자가요. 뱃속의 어린애가 누구 애일지 어떻게 압니까? 이제 확인할 길도 없는데 말이죠.

욕조에 가운 두 장과 수건 일곱 장이 전부 젖은 채 담겨 있네요. 누가 그랬을까요. 나는 욕조로 들고 난 기억은 있는데, 수건을 적신 기억은 없어요. **당신이 그랬어요?**

수건들은 수면에 떠오른 죽은 생명체 같아요. 나는 욕조 가장자리에 걸터앉아 그중 하나를 바닥까지 밀어 넣어요. 또 물이 넘치고, 수건이 거품을 만들며 다시 떠오르고, 넘치는 물이 나의 팔뚝과 발바닥을 적시고. 물은 차갑게 식은 지 오래예요. 나는 차가운 물속에 두 팔과 얼굴을 담그고 생각해요. 젖은 수건과 가운이 수중생물처럼 이마와 입술을 덮었다 떨어졌어요. 왜 이것들을 한꺼번에 적셨을까. 고인 물 아래 거무튀튀한 발자국. 어지러운 발자국. 누가 흥건한 욕실 바닥에 발자국을 찍었을까요. **당신이 그랬어요?**

내 잘못도 있을 거예요. 남편이 오해의 전문가로 행세하는 동안 나도 당신을 오해했어요. 나는 당신을 조금도 의심하지 않았어요. 당신이 명문대 출신의 유능한 사업가라는 사실과 별거 중이라는 사실을 믿었어요. 늦었지만 나야말로 당신의 진정한 연인일 거라고 확신했어요. 당신이 나를 위해 기꺼이 새로운 인생을 시작할 거라 믿었고요. 이 가운데 어느 한 가지라도 의심했더라면 어땠을까요. 그래서 내가 그날 805호실로 오지 않았더라면. 여기가 아니라 짐을 부쳐놓았다는 칭다오에 가봤더라면. 당신 휴대전화에 찍힌 수상한 번호로 전화를 해봤더라면. 새로운 인생이라는 단어가 사실은 한 번도 성공한 적 없는 기만을 뜻한다는 점을 알았더라면 우리는 어떻게 되었을까요.

욕조에서 넘친 물은 실내의 카펫까지 적셨어요. 나는 젖은 물을 따라 방으로 돌아와요. 젖은 회색 카펫에도 욕실처럼 무수한 검은 발자국. 카펫 위로 발을 디딜 때마다 흥건히 올라오는 검은 발자국, 아니 이건 물의 자국. 물로 만든 발자국 위에, 먼지로 만든 발자국. 그 위에 또 검은 발자국. 먼저 생긴 발자국들은 내 발자국인가요, 아닌가요. 내가 욕실로 갈 때 카펫은 젖었던가요, 말랐던가요. 아아, 나는 잘 모르겠어요. 이렇게 자꾸 방으로 돌아오는데도 하나도 기억이 나지 않아요. 기억이 나지 않으니까 나는 여기 805호실로 돌아오고, 또 돌아오고. 매일매일 되돌아오는 거예요.

질문 : 뭘 찾았습니까? 새로 혈흔이 발견되었습니까? 수건들이 마르면서 없었던 증거가 생겼습니까? 그 여자 손목이라도 나타난 겁니까? 아니면 증인이 있습니까? 그 여자가 죽었다는 증거가 있으면 보

여주시죠.

　답변 : 805호실 욕실과 객실 카펫에 찍힌 검정 발자국은 당신 발자국으로 확인되었습니다.

　질문 : 그래서요? 우리가 거의 매주 그 방에 드나들었던 건 인정합니다. 사방에 제 발자국과 지문이 남아 있을 겁니다. 냉장고, 침대, 욕조, 텔레비전, 화장대, **그 어디에나요.**

　질문 : 발자국만 남기고 돌아왔다는 말을 하시려는 겁니까?

　답변 : 그날 오후 805호실에 갔었어요. 이건 인정합니다. 하지만 제가 도착했을 때에는 그 여자가 없었어요. 욕조에 물을 한가득 받아 놓고, 수건이란 수건은 모두 불에 처넣고, 방이며 복실이며 불로 난장판을 만든 다음 사라졌어요.

　질문 : 그래서 기다리지도 않고 나왔다? 그 후에 전화 한 통도 걸어보지 않으셨다?

　답변 : 제가 싫어서 도망쳤다고 생각했습니다.

　질문 : 이미 죽었으니 연락해볼 필요가 없었던 건 아니고?

　답변 : 죽었다는 증거를 보여주십시오. 시신 없이는 살인죄가 성립되지 않습니다.

있잖아요, 나는 소문을 들었어요. 이 방엔 소문만 가득해요. 정말로 **이상한** 소문들. 당신이 나를 죽였다는 소문, 토막 냈다는 소문, 아니 토막 내지는 않았는데 한강에 던졌다는 소문, 당신이 아니라 청부업자들이 나를 그렇게 했다는 소문, 나는 욕조에 담겨 죽었다는 소문, 침대에서 목 졸렸다는 소문, 결국 어디에서도 발견되지 않았다는 소문, 그런 무성한 소문들이요. 하지만 이것들은 전부 소문들이죠. 나는 아무것도 기억나지 않아요. 내가 어떻게 805호실에서 사라지게 되었는지 도무지 모르겠어요. 나는 체크아웃하지도 않았대요. 손, 발 같은 파편으로 발견되지도 않았고, 한강에 떠오르지도 않았고요. 나는 그날 805호실에서 영영 사라졌어요. 그 후로는 어디에서도 발견되지 않았고, 어디에도 나타나지 않았어요. 돈을 쓰지도 않았고, 메일을 확인하지도, 전화를 걸지도 않았어요.

나는 들어갔지만 나오지는 않았어요. 사라졌지만 죽은 거고, 죽었지만 사라진 거예요. 805호실에서 나는 당신을 기다렸고, 당신을 만났어요. 그러니 당신이 아니면 누가 말해주겠어요? 자, 이제 말해주세요. 나는 어디에 가라앉아 있어요? 나를 어떻게 했어요? 나의 피와 살과 부드러운 눈동자를 어디로 빼돌렸어요?

내 가족과 친구들은 내가 어떻게 되었는지도 모른 채 나를 잊어가고 있다니까요. 그냥 나를 죽은 여자라고 믿는다고요. 당신은 나를 죽였다고 했다가 아니라고 했다가 마침내 아무것도 모른다고 했다면서요. 아마 다른 남자와 도망쳤을 거라고, 원래 그런 여자라고 말했다면서요. 정말 몰라요? 당신이 아니면 누가 알겠어요? 당신이 말해주지 않으면 나는 영영 이렇게 사라진 사람으로 남을 텐데. 이렇게 흔적 없는 유령으로 805호실로 돌아오고 또 돌아올 텐데, 정말 모른단 말예요?

질문 : 당신이 아니면 누가 알아?
답변 : 나는 아무것도 모릅니다.

나는 자꾸만 805호실로 돌아와요. 오후 세 시면 나른한 햇살이 빳줄처럼 걸린 빈방으로 돌아와 침대에 누워요. 소파에 앉아요. 젖은 욕조에 기댔다가 젖은 카펫을 밟아요. 아직도 당신을 기다려요. 나는 무성한 소문 가운데 단 하나의 진실이에요. 죽은 여자, 805호실을 찾아오는 유령이요.

그러니 이제 말해줘요.
나는 어떻게 죽었는지, 어떻게 사라졌는지.

박주현 1979년 서울에서 태어났다. 덕성여대 스페인어과와 서울예대 문예창작과를 졸업했으며 2006년 문학동네 신인상을 수상하며 등단했다. 현재 알라딘 웹진 《뿔》에 장편소설 '로드런너 만화클럽'을 연재 중이다.

국경시장

김 성 중

30……

　여름, 소설의 마침표를 찍고 나서 에이미 와인하우스가 죽었다는 기사를 읽었다. 그녀도 27세 클럽에 가입했노라는, 잔인한 부고문이었다.

　나 역시 서른이라는 대륙으로 건너가지 못한 죽은 친구들을 가지고 있다.

　더 많은 친구들과는 서른을 넘어왔다. 우리는 그리워할 어떤 것을 놓치지 않고 있나 골똘해하며 술을 마신다.

　이 소설은 그러한 공포에서 출발했다.

영사관으로 전화가 걸려온 것은 조가 퇴근 준비를 마쳤을 무렵이었다. 국경 근처에서 밀입국자를 체포했는데, 반미치광이 상태로 한국말을 하고 있으니 속히 와달라는 내용이었다. 조는 피우던 담배를 비벼 끄고 주차장으로 내려갔다. 에어컨이 고장 난 차안은 온실처럼 후텁지근했다.

두 시간 뒤, 국경경비대에 도착한 조는 문제의 남자와 대면했다. 한눈에도 그의 상태는 예사롭지 않아 보였다. 입고 있는 옷은 누더기나 다름없고 한쪽 눈은 떠지지 않을 만큼 통통 부어오른데다가 끊임없이 혼잣말을 지껄이고 있었다. 발견 당시 남자의 소지품이라고는 바지 주머니에 들어 있는 노란 가루뿐이었는데, 성분을 분석하는 중이라고 했다.

착란상태의 남자가 금방이라도 수갑이 채워진 손을 들어 자신을 후려칠 것 같아 조는 일부러 탁자와 사이를 두고 앉았다. 신원미상의 남자는 마약사범처럼 보였다. 죽기 직전까지 약을 하고, 객기로 강을 건너려다 붙잡혔으리라. N국과 P국의 경계가 되는 느네카 강은 과거에 마약상들이 보트를 타고 와 거래를 하는 곳으로 유명했다.

"담배 한 대 주시겠습니까……."

남자가 제대로 된 문장으로 말을 하자 조는 반가운 마음이 들었다. 겉보기와 달리 남자의 이성은 쓸 만한 상태일 수 있다. 그래서 물었다. 이름과 나이와 한국 주소, 어떻게 P국에 왔고, 어쩌다 구금 상태에 이르게 되었는지에 대해. 대답은 느리고 신중했으나 대부분 구멍이 뚫려 있었다. 남자의 말을 받아 적던 조는 문득 오늘이 그의 서른 번째 생일이라는 것을 깨달았다. 그 사실을 넌지시 상기시켰지만 남자는 다른 생각에 사로잡혀 있었다. "여기가 P국이라고요?" 남자는 의아한 듯 고개를 갸웃거렸다. "저는 분명 N국에 있었는데……." 그때부터 혼란에 빠진 남자는 질문마다 모르겠다는 대답으로 얼버무렸다. 더 어처구니가 없는 건 제대로 대답하지 못하는 이유가 기억을 팔아버렸기 때문이라는 것이다. 조는 서울 말씨를 쓰는 이 남자가 제정신이 아니라는 결론을 내렸다. 마지막으로 생각나는 곳이 어디냐고 묻자 남자는 처음으로 확고한 표정을 지었다.

"국경시장에 있었습니다."

당연히 이곳에 국경시장 같은 건 존재하지 않는다. 조는 펜 뚜껑을 닫고 노트를 덮었다. 제대로 된 조사를 하려면 밥부터 먹이고, 정신이 돌아올 때까지 재우는 수밖에 없다.

조는 영사관에 즉시 보고할 터이니 걱정 말라고 남자를 안심시킨 후, 푹 쉬면서 생각나는 것들을 모조리 적어두라고 일러주었다. 접견이 끝났다는 신호를 보내자 뒤에 서 있던 경찰이 남자를 데려갔다. 자국민이 재판을 받게 되면 변호사를 선임해주어야 한다. 이것은 조의 업무가 늘어난다는 뜻이다.

2주 후, 남자의 몸에서 약물반응이 나오지 않았다는 보고가 들어왔다. 경찰은 조의 부탁대로 남자가 쓴 종이를 팩스로 보내주었다.

다음은 팩스에 적힌 글이다.

**

어디서부터 시작해야 할까. 우선 떠오르는 것은 로나. 로나와 주코. 그들은 지금 없다. 아니, 이 근처 어딘가에 있을지도 모른다. 모든 것은 믿을 수 없는 달의 농간이니까. 다음 만월이 되면 나는 로나를 만나러 갈 것이다.

영사관에서 온 사람은 생각나는 것은 뭐든 써놓으라고 했다. 현명하고 적절한 조언이었다. 막상 종이가 주어지자 남은 기억이 얼마나 되는지 가늠할 수 있었으니까. 이 정도의 기억으로 물고기 비늘을 얼마나 살 수 있을지 모르겠다.

모든 것은 메카데의 수상 방갈로에서부터 시작되었다.

***

메카데는 N국의 국경 근처에 있다. 여행자의 눈길을 끌 만한 요소라고는 없는 시골 마을로 볼 곳도, 할 것도, 먹을 것도 변변찮은 곳이다. 나는 보름 전에 이곳에 도착했다. 권태에 찌들어— 내 여행은 팔 개월째로 접어들고 있었다—아무렇게나 숙소를 정하고 빈둥거리다 보니 시간이 꽤 많이 흘렀다. 이곳에 온 것은 비자를 연장하기 위해서였다. 그러자면 국경 너머의 P국에 다녀와야 한다. 메카데에 오는 여행자들은 오직 이런 이유에서만 이곳을 찾는다.

그러나 나는 국경에 가지 않았다. 느지막이 일어나 문을 열고 느네카 강을 멍하니 바라보는 게 일과의 전부였다. 느리게 흘러가는 유백색 강을 바라보고 있으면 마음이 평온해졌다.

해가 저물면 자전거를 끌고 나왔다. 저녁 무렵의 개들은 이방인을 향해 사납게 짖어댔지만 나무열매를 먹어 입술이 검게 물든 아이들이 개들의 목줄을 끌어당겼다. 이 시간이면 마을은 허물 벗는 뱀눈처럼 부옇고 탁한 어둠 속에 가라앉고, 길에는 오직 내 자전거 소리만 들렸다. 나는 그게 좋았다. 습도가 너무 높아 사람이나 짐승이나 축 늘어져 있는데 그것이야말로 지금의 내게 꼭 맞는 리듬이었다.

열두 채의 방갈로는 텅 비어 있었다. 도착한 다음 날이면 국경으로 떠나는 여행자들이 가끔 들락거렸으나 나를 제외한 손님이라고는 주코뿐이었다. 묘하게 아시아인 같은 분위기를 풍기는 장발의 백인으로, 언제 봐도 손에 책이 들려 있었다. 사교에 무신경한 점 때문에 나는 그가 마음에 들었고 그도 마찬가지일 거라고 생각했다.

주코와 길게 말을 섞은 건 로나가 도착하면서부터였다. 그녀와는 다합에서 스쿠버다이빙을 함께 배운 사이였고 한동안 연인으로 지내기도 했다. 그러나 사소한 실수를 저지른 후 나는 그녀를 미워하게 됐고, 마침내 말도 없이 떠나버렸다. 나는 항상 내가 실수를 저지른 사람에게 적의를 품는다. 그들은 내 약점의 목격자이기 때문이다. 그랬는데…… 사 개월이 지나 사원 모퉁이에서 정면으로 마주친 것이다.

나보다 열 살이 많은 로나, 장기여행자답게 무엇에나 능숙한 로나, 독신 귀족처럼 고독하고 우아하며 어딘가 이기적인 로나. 그녀가 빙긋 웃으며 말을 걸어왔다.

"여기서 만나네. 잘 지내?"

무람없는 목소리. 냉담한 반응이 돌아올지도 모른다는 두려움은 전혀 느껴지지 않았다. 로나는 완벽하게 자신에게만 몰두하는 여자였고, 그 무책임한 자기애自己愛에는 눈부신 부분이 있었다. 나도 모르게 보름짜리 애인이었던 시절로 돌아간 것 같았다.

"똑같지 뭐…… 언제 온 거야?"

"방금."

그녀는 등을 돌려 여전히 작은 배낭뿐인 전 재산을 보여주었다. 그리고 스스럼없이 내가 머무는 방갈로에 따라왔다.

모처럼 숙소 주방에서 음식을 만들면서 로나의 이야기를 들었다. 함께 어울린 다이버들의 안부와 내가 포기한 이집트의 나머지 여정에 대해. 커플이 된 누구는 고국에 돌아가 결혼식을 올렸고 또 다른 누구는 수단에서 봉사활동을 하는 중이라고 했다. 아부심벨은 근사했고 누비안 마을 깊숙한 곳은 더 좋았지만 가장 멋진 곳은 역시 지도에 나오지 않는 곳이라고 했다.

요리가 다 됐다. 다진 고기에 향초와 마늘을 넣어 노릇하게 구

워낸, 오랜만에 솜씨를 부린 요리였다. 음식을 접시에 담아내는 순간 엉망이 되어버린 서울의 주방이 떠올랐다. 이태원 빌딩 한 층을 통째로 내줄테니 마음껏 운영해보라던 J사장의 미소도. 그가 정상적인 사업가가 아니라는 건 어렴풋이 짐작했지만 제대로 된 프렌치 레스토랑의 셰프가 될 기회를 놓칠 수 없었다. 배신자 소리를 들으며 스승에게 독립해 팀을 꾸렸고, 오픈을 앞두고 모든 게 박살나버렸다. 구 개월 전 일이다.

로나는 음식 냄새를 풍겨놓고 우리끼리 먹는 게 마음에 걸린다 며 다른 여행자도 부르자고 했다. 망설이던 나는 주코의 방문을 두드렸다. 거절할 줄 알았는데 뜻밖에도 그는 뚜껑도 따지 않은 위스키 한 병을 들고 야외 테이블로 왔다.

전력 사정이 좋지 않은 N국에서는 예고 없는 정전이 잦았다. 그날 밤 우리 세 사람이 친해진 것도 정전의 마술과 무관치 않다. 전깃불이 사라지자 바싹 내려온 달이 우리 사이에 끼어 과음을 하고 이야기를 나누도록 부추겼던 것이다.

우리는 각자가 걸어온 기나긴 복도에 대해 털어놓았다. 주코 는 책들에 대해, 로나는 세계 일주에 대해, 나는 늦게 시작한 요 리에 대해. 타인이기 때문에 비밀을 나누는 것이 가능했다. 주코 는 두꺼운 책들만 골라 읽다가 생활에 무능한 바보가 돼버렸다고 했고, 로나는 전 세계를 떠도는 것이 사실은 슬프다고 한숨을 쉬었다. 나는 다른 일을 찾지 못해 요리사가 됐고 트라조돈*을 이 년째 복용 중이라고 고백했다.

대화 중에 주코와 내가 동갑이라는 사실을 알게 됐다. 변변한 모험 없이 서른이 되는 게 끔찍하다고 그가 말했기 때문이다. 그 러자 로나는 자신의 팔에 그어진 절망의 세 눈금을 보여주었다. 열일곱에 한 번, 스물에 한 번, 스물아홉에 한 번 그었지. 하지만 서른 이후에는 괜찮았어. 주코에게 건넨 위로를 나 역시 누리고 있다는 것을 그녀는 몰랐을 것이다.

주코는 술이 떨어지기가 무섭게 새 술을 가져왔고 마지막에는 정체를 알 수 없는 민속주까지 들고 왔다. 급기야 마리화나 한 봉 지도 식탁에 올려놓았다. 담배도 피지 않던 샌님의 방에서 줄줄 이 나오는 쾌락의 도구에 나는 놀라 자빠질 지경이었는데, 그중 가장 흥미로운 것은 주코 자신이었다. 그는 함께 어울리기에 꽤 재미있는 괴짜였다.

나는 소년을 죽였노라, 내 기분을 위해…….

느닷없이 노래 한 소절을 부른 그는 포켓용 성경을 꺼냈다. 그

* 심환계 항우울제.

러고는 「욥기」와 「아가서」와 「사도행전」 중에서 각각 한 장씩 찢었다. 이러면 맛이 더 좋거든. 주코는 종이에 가루를 넣어 말면서 자기 행동에 주석을 달았다. 난 목사 아들이니까.

하늘에는 참견하기 좋아하는 별들이 반짝이고 있었다.

우리는 꼬박 일주일을 파티라는 괴물에게 붙들려 있었다. 로나가 도착한 날 시작된 술자리는 그녀가 떠날 의사를 밝히고서야 막을 내렸다.

로나가 작별인사를 할 때 나는 잠깐 기다려달라고 한 후 충동적으로 짐을 쌌다. 떠나는 사람을 보자 비로소 P국으로 건너갈 마음이 생긴 것이다. 이런 일이 내게만 생긴 것은 아니다. 배낭을 깔고 앉은 주코가 문고본을 읽으며 우리를 기다리고 있었으니까. 여행자의 직감으로 그도 나처럼 떠나야 할 순간이라는 것을 깨달은 것이다.

"로나는 우릴 데려가기 위해 온 사람인지도 몰라."

주코가 이렇게 말했을 때 나는 공감의 뜻으로 고개를 끄덕였다. 가운데에 선 로나는 다정하게 팔짱을 꼈다.

우리는 끝내 P국으로 갈 수 없었다. 잠깐 자리를 비웠다던 관리는 해가 질 때까지 돌아오지 않았다. 출입국 관리소에서 맥없이 반나절을 보낸 끝에 결국 포기하고 밖으로 나올 수밖에 없었다. 기념품 가게들이 모조리 문을 닫아 거리는 한산했다. 오직 개들만이 차가운 돌바닥에 배를 깔고 드러누워 있었다.

우리는 올 때처럼 강을 따라 터덜터덜 걸었다.

한참을 가도 메카데로 가는 갈림길이 나오지 않았다. 게다가 갈수록 길이 좁아지고 있어 낮과는 사뭇 다른 느낌이었다. 어디선가 길을 잃은 것은 분명한데, 지도를 봐도 이유를 알 수 없으니 답답했다.

"모르는 사이에 국경을 넘어버린 건 아닐까?"

주코가 말도 안 되는 소리를 했다. 강을 건넌 적이 없으니 이치상 맞지 않는 소리다.

"뱃속에 커다란 터널이 뚫린 느낌이야. 걸으면 걸을수록 터널이 길어지고 있다고. 내 말은, 배가 고파 죽겠단 소리야."

"다리에 감각이 없어."

"점심이나 제대로 먹어둘걸."

우리는 이런 말을 주고받으며 불안을 토로했다. 하늘에서 청회색 베일이 내려오고 불빛 없는 길은 순식간에 어두워졌다. 로나는 자꾸 팔을 쓰다듬었다. 좁아진 길의 좌우로 나뭇가지들이 뻗어 몸을 찔렀던·것이다. 부지불식간에 숲으로 들어선 것 같은데 이런 곳에서 노숙을 할 수도 없는 노릇이니 계속 걸을 수밖에 없다.

간신히 숲길을 빠져나오자 나무 사이로 간간이 보이던 달이 고개를 내밀었다. 풀문$^{full moon}$이네. 로나가 보름달을 올려다보며 밝은 목소리로 말했다. 길이 환해지자 발걸음에도 힘이 실렸다. 부지런히 걷다 보니 마침내 강의 모습이 나타났다. 우리는 누가 먼저랄 것도 없이 안도의 한숨을 쉬었다.

강에는 벌거벗은 소년들이 헤엄을 치거나 고기를 잡고 있었다. 야트막한 고무통에 탄 꼬마가 있는가 하면 제법 큰 나무보트에 탄 소년도 보였다. 주코가 큰 소리로 아이들을 불렀다.

"애들아, 여기가 느네카 강 맞니?"

십여 명의 아이들이 일제히 우리 쪽으로 노를 저어 왔다. 무리 중 키 큰 소년이 앞으로 나와 고개를 끄덕거렸다.

"그럼 어디 요기할 만한 곳이 없을까? 우리가 저녁을 못 먹어서 말야."

소년은 삼각측량을 하는 기사처럼 신중한 눈빛으로 우리를 훑어보더니 천천히 말문을 열었다.

"국경시장에 있어요."

이 근처에서 야시장이 열린다는 말은 금시초문이었다. 좌우에 늘어선 소년들이 왁자지껄하게 설명을 보탰다.

"보름달이 뜰 때마다 장이 서요!"

"뭐든지 다 있어요!"

"우선 물고기를 사야 해요."

"우리가 잡은 물고기들이요."

한꺼번에 대답이 쏟아져 나오는 바람에 우리는 어리둥절해졌다. 소년들의 눈빛에서는 호의와 악의 중 어떤 신호도 읽어낼수 없었다. 물고기를 사달라는 뜻일까? 그러나 돈을 주려 했을때 아이들은 고개를 가로저었다. 여기서는 팔 수 없으니 시장에가서 사라는 것이다.

"좋아. 거긴 어떻게 가지?"

키 큰 소년은 낡아빠진 보트의 옆구리를 탕탕 치며 턱으로 강을 가리켰다.

"데려다줄 수 있어요."

십오 분쯤 지나 우리를 태운 보트는 강둑에 멈췄다. 웃자란 풀숲을 헤치고 올라갔을 때 가장 먼저 눈에 들어온 것은 문 위를 장식한 거대한 사면상四面像이었다. 각각 네 방향을 바라보고 있는 사면상에는 성별과 감정을 판별할 수 없는 인간의 얼굴이 새겨져있었다. 돌로 된 사면상 때문에 시장이 아니라 신전으로 들어가는 문처럼 보였다. 그러나 막상 안으로 들어가자 골함석 지붕 아래 알전구로 불을 밝힌 노점들이 길게 늘어서 있었다.

온갖 것이 거기 있었다. 퓨마 가죽, 주철로 만든 찻주전자, 얇고 보드랍게 짠 면직물, 튼튼한 그물침대, 설탕물을 입힌 풋사과 꼬치, 독을 제거한 애완용 전갈, 고산족들이 쓰는 방한모, 개구리 소리가 나는 피리, 항구가 그려진 장식타일, 18세기 전쟁에 쓰인 총알…… 눈앞에 펼쳐진 풍경에 한동안 정신을 차릴 수 없었다. 어둠 속에서 몇 시간을 헤맨 터라 좌판 위의 물건들이 더욱 화려하고 이국적으로 보였다.

상인들의 면면도 눈요깃감이었다. 눈이 길게 찢어진 유목민과 매부리코에 푸른 눈을 가진 코카서스계 백인이 손님을 놓고 실랑이를 벌이는가 하면, 비바람에 닳아 붉은 가죽처럼 변한 피부의 고산족 노파가 장사에 초연한 듯 바느질만 하고 있다. 약장수처럼 노래를 부르는 사람, 동물을 가지고 눈길을 끄는 사람 등 호객 행위도 다양했다. 한편으로 골목에는 우리 같은 배낭객들이 북적이고 있어 불안감을 떨칠 수 있었다.

"마라케시의 야시장보다 멋진데!"

황동 접시를 들고 문양을 살펴보던 로나가 감탄하며 말했다. 그러자 주코가 이곳에 온 목적을 상기시켰다.

"일단 밥부터 먹자. 아무래도 난 큰 짐승이라서 말이지."

우리는 식당부터 찾기로 했다. 사람들과 어깨를 부딪치지 않고서는 발짝을 뗄 수 없는 좁은 골목을 빠져나오자 간이탁자와 접이용 의자들로 가득한 장방형 광장이 나왔다. 노천 식당이 늘어선 광장에는 저녁식사를 하는 사람들로 붐비고 있었다. 빈 탁자 하나를 잡고 음식을 잔뜩 주문했다.

찹쌀을 넣고 끓인 해물죽, 발효 야채와 알 요리, 향신료를 넣고 뭉근하게 끓인 고기 전골이 차례로 탁자 위에 올라왔다. 김이 오르는 음식을 대하자 모두들 말없이 먹어치우기에 바빴다. 요리는 여행 중 먹어본 어떤 진미보다 맛있었다.

문제는 계산이었다. 카운터에 가서 계산서와 돈을 내밀자 식당 주인이 고개를 가로저었다.

"달러는 받지 않나 봐."

대신 N국의 화폐를 내밀어도 마찬가지였다. 식당 주인은 탁자를 두드리며 돈을 재촉했고 뒤에 서 있던 사람들도 불쾌한 기색을 비치기 시작했다. 어쩔 줄 몰라 우왕좌왕하고 있을 때 누군가 대신 값을 치렀다.

"우선 내가 낼 테니 환전해서 갚아요."

뒤를 돌아보니 중국식 상의를 입은 작달막한 동양 남자가 사람 좋은 웃음을 짓고 있었다. 우리는 다투어 감사인사를 했다.

"덕분에 살았어요. 정말 감사합니다."

"여기서 그런 종이 쪼가리는 소용없습니다. 봐요, 이런 게 돈이죠."

환전소를 향해 걸으면서 남자는 지갑에서 뭔가를 꺼내 보여주었다. 어른 손톱만 한 크기의 노랗고 반투명한 조각이었다. 자세히 살펴봐도 도무지 짐작이 가지 않는 물건이었다.

"저 강에서 잡히는 물고기 비늘이랍니다. 15세 미만의 소년에게만 잡히는 진귀한 물고기들이지요. 산 채로 튀겨내면 비늘 하나하나가 곤두서서 떼어내기 좋은 상태로 변합니다. 듣자니 비늘만 쓰고 몸통은 버린다고 하더군요."

이처럼 허무맹랑한 이야기는 어디에서도 들은 적이 없다. 그러나 주코는 호기심을 보이며 다음 이야기를 재촉했다.

"그래서요?"

"한데 이 물고기들은 세상의 어떤 화폐로도 환전해주지 않습니다. 오직 그 사람의 기억과 맞바꿀 수 있을 뿐입니다…… 자, 다 왔습니다."

환전소에 도착하자 중국식 상의를 입은 남자가 앞장서 들어갔다. 안에는 노란 물고기들로 가득한 큼지막한 수조가 놓여 있었고, 거래를 끝낸 손님 하나가 환전상과 악수를 하고 있었다. 환전상은 기름이 펄펄 끓고 있는 솥에서 튀겨낸 물고기를 도마 위에 올려놓더니 익숙한 솜씨로 비늘을 훑어 주머니에 옮겨 담았다.

"꼭 솔방울병에 걸린 붕어들 같군."

주코가 조그맣게 속삭였다. 비늘마다 고름이 차서 일일이 일어서는 '솔방울병'은 관상용 물고기 사이에서는 흔한 전염병으로 나도 본 적이 있다. 하지만 갓 튀겨낸 물고기는 그렇게까지 징그럽지 않았다. 장미꽃잎처럼 섬세한 비늘은 바깥쪽으로 살짝 말려 있었다.

마침내 우리 쪽으로 몸을 돌린 환전상이 미소를 지으며 물었다.

"어느 분이 거래를 하시겠습니까?"

어떻게 답해야 할지 몰라 머뭇거리고 있는데 주코가 앞으로 나섰다. 환전상의 눈동자가 어두운 곳에 있다 갑자기 밝은 곳으로 나온 고양이처럼 확 조여들었다가 서서히 원래 크기로 돌아왔다.

"언제의 기억을 파실 건가요?"

이런 상황은 그가 읽은 수백 권의 책에서도 나오지 않았을 것이다. 대답이 늦어지자 환전상은 백화점 직원처럼 사근사근한 말투로 일러주었다.

"대개 첫 거래에서는 출생부터 두세 살까지의 기억을 팝니다만."

"좋아요. 어차피 생각도 나지 않는데. 팔겠습니다."

주코는 커튼이 쳐진 내실로 안내되었고, 남은 우리는 초조하게 밖에서 기다렸다. 십 분쯤 지나자 그는 우리가 앉아 있는 소파로 걸어와 털썩 주저앉았다. 안에서의 일을 묻자 '긴 의자에 누워 오일을 바른 것밖에 생각이 나지 않는다'고 말했다. 어쨌거나 기억을 가져간 환전상은 수조에서 손바닥만 한 물고기 두 마리를 꺼내 기름에 튀긴 후, 비늘이 든 주머니를 건네주었다.

그때까지 잠자코 지켜보던 중국식 상의를 입은 남자가 다가와 자기 몫의 비늘을 챙겼다.

"자, 그럼 행운을 빌어요!"

얼이 빠진 주코는 나중에서야 그가 비늘 두 개를 더 가져갔다는 사실을 알아차렸다.

"이게 정말 돈 구실을 할까?"

주머니를 들여다보던 주코는 아무래도 미심쩍은 표정이다. 우리는 정말로 비늘이 통용되는지 알아보기 위해 뭔가 사보기로 했다.

고서적을 취급하는 작은 가게를 보자 주코의 눈이 반짝거렸다. 나무 궤짝에는 벌레가 쓸기 시작한 책들이 잔뜩 포개져 있었다. 하나씩 살펴보던 주코가 그중 한 권을 골라 안으로 들어갔다.

"맙소사, 비늘 다섯 개를 받고 이걸 줬어."

그는 복권에 당첨된 사람처럼 흥분한 목소리로 책을 흔들며 나왔다. 그때부터 주코는 서점만 보면 달려 들어가 책을 골랐고, 책들을 담기 위해 커다란 가방도 하나 구입했다. 고가의 서적들만 수집하다 보니 비늘은 금세 바닥이 났다. 또다시 환전소에 다녀온 주코가 기세 좋게 선언했다.

"자, 돈이 있으니까 써보자고!"

우리는 발코니처럼 툭 튀어나온 2층 술집을 골라 올라갔다. 위에서 내려다보니 그사이 시장은 왕성하게 가지를 뻗은 식물처럼 불어나 있었다.

"역시 야시장을 제대로 즐기려면 뭘 사야 해."

"그만 좀 해. 아니면 당나귀라도 한 마리 사든지. 이 무거운 걸 어떻게 들고 다닐래?"

주코와 나는 농담을 주고받으며 킬킬거렸지만 로나는 생각에 잠겨 말이 없었다. 취기가 좀 더 오르자 그녀는 마음의 압력을 이기지 못하고 벌떡 일어섰다.

"네 말이 맞아. 이런 곳을 구경만 하는 건 바보짓이야."

로나는 남은 잔을 단숨에 털어 넣고 쿵쿵거리며 계단을 내려갔다. 그러고는 술병을 거의 다 비워갈 무렵 두툼해 보이는 주머니를 들고 돌아왔다.

"세상에, 얼마나 팔았기에 이렇게 많아?"

주머니를 열어본 주코의 눈이 휘둥그레졌다. 로나는 의미심장한 미소를 지으며 팔을 내밀었다.

"세 개의 눈금이 생기던 해의 기억들. 다 팔아치웠지."

"내가 왜 그 생각을 못 했지? 나쁜 기억을 팔면 물고기도 생기고, 정신건강에도 좋고. 일거양득 아냐!"

주코는 무릎을 치고 당장이라도 환전소로 달려갈 기세였다. 나는 느닷없이 시작된 딸꾹질을 누르며 궁금했던 것을 물었다.

"그러면…… 자살 시도하던 순간은 전혀 생각이 나지 않는 거야?"

"자살이라고? 내가?"

로나는 입을 벌리고 머리 위의 전등을 한참 동안 올려다보았다.

"진짜로 기억 안 나. 그렇다면 물고기보다 멋진 건 그 빌어먹을 시간이 내 인생에서 사라진 거네."

"거짓말 같은데."

"못 믿겠으면 너도 해봐."

이런 식으로 로나가 나를 꼬드기고 있을 때 다리를 절룩거리는 걸인이 올라왔다. 창가에 턱을 괴고 전망을 즐기던 남자는 로나와 눈이 마주치자 윙크를 하더니 우리에게 다가왔다.

"젊은이들, 그 요리 안 먹을 거면 나나 주지 그래."

구걸치고는 당당하다. 벼락부자 행세를 하고 있던 주코는 먹던 안주에 새 안주까지 시켜 걸인에게 주었다. 로나는 한술 더 떠서 자신의 비늘을 써서 다리를 고쳐줄 수 있는지 알아보겠다고 말했다.

"나는 이대로가 좋아."

그 소리를 들은 걸인은 정색을 하고 허리를 꼿꼿하게 세웠다.

"결함은 대단한 자산이야. 이곳 상인들은 나를 잘 돌봐주고 있어. 침구도 바꿔주고 먹을 것도 쟁반 가득 날라다 주거든. 보름에 한 번씩 시장으로 나오면 이렇게 고급 요리도 먹을 수 있고 말이야. 그런데 제대로 걸을 수 있게 되면…… 끔찍해! 안락한 습관에서 쫓겨나 생활인이 되어야 한다니. 그건 기적이 아니라 재앙이야."

이 기묘한 논리에 나는 역겨움과 찬탄을 동시에 느꼈다. 그는 마음껏 나태하면서도 비난을 받지 않는 지위를 획득하고 있었다. 어찌 보면 내가 바라는 삶이기도 한데 나는 그처럼 과감할 수 없다. 하긴 '내가 바라는 삶' 같은 것이 있기나 할까? 나는 절망에 고착되어 있으면서도 절망을 누리는 것이 좋았고, 그런 자신에게 또 다른 절망을 느꼈다. 아버지의 말대로 무용지물이나 다름없는 인간인 것이다. 요리사나 해라. 어느 날 내가 끓인 국수를 먹던 아버지가 빈정대며 말했다. 아버지는 비웃는 방식이 아니고서는 나를 칭찬할 수 없는 사람이다. 그 순간이 떠오르자 요리사가 된 이유를 뒤늦게 깨달을 수 있었다. 나는 아버지를 화나게 하

146

기 위해 주방으로 들어간 것이다. 주방은 아버지의 영향이 미치지 않는 유일한 곳이었으니까.

로나가 비틀거리며 술값을 계산했고 우리는 걸인과 헤어져 다시 거리로 나왔다. 두 사람은 골목을 누비며 닥치는 대로 물건을 샀다. 그들은 흥청망청한 소비의 쾌락에 이제 막 눈을 뜬 상태였다. 주머니에는 여전히 달러가 고이 모셔져 있고 물고기 비늘은 암만 봐도 돈처럼 여겨지지 않으니 그럴 만도 했다. 로나는 슬픈 삶을, 주코는 지루한 삶을 팔기 위해 자주 환전소를 들락거렸다.

보름달의 밝기는 절정에 달했고 그 빛에 조응하듯 국경시장 또한 거대하게 부풀었다. 세 개의 골목이 여섯 개로, 여섯 개의 골목이 다시 열두 개로 늘어났다. 밤이 깊을수록 더 많은 상인들이 좌판을 여는 탓이다. 모두가 즐겁게 만월의 밤을 즐기고 있는 가운데 오직 나 혼자만 무엇에도 마음이 동하지 않았다.

로나는 마음에 드는 팔찌를 보는 족족 왼쪽 손목에 끼었다. 그녀는 '눈금' 두 개를 가릴 만큼 팔찌가 늘어났을 때 정색하며 내게 물었다.

"넌 정말 사고 싶은 거 없어?"

나는 어깨만 으쓱할 뿐이었다. 아무것도 원치 않았기 때문에 내 기억은 그대로였고 주머니도 여전히 비어 있었다.

두 사람 중에서도 주코의 낭비벽이 더 심했다. 주코는 기억을 팔면 팔수록 점점 더 강박적으로 물건을 샀다. 십여 미터 되는 노점의 물건 전부를 사버린 것은 낭비의 절정이었다. 고르는 것도 귀찮다는 듯 좌판의 물건을 '전부 다' 달라고 해버린 것이다. 주코는 한여름의 산타클로스처럼 길 가는 사람들에게 물건을 마구 안겼다. 나는 이런 식으로 주목을 끄는 게 싫었다.

"못 참겠다. 카페에 가 있을 테니 끝나면 데리러 와."

로나만 따로 불러 이렇게 말했다. 고개를 끄덕인 그녀는 비늘 한 줌을 꺼내 내 손에 쥐어주었다.

친구들과 헤어지자 비로소 시장의 모습이 눈에 들어오는 것 같았다. 나는 홀가분한 기분으로 골목을 거닐었다.

카페를 지나쳐 조금 더 산책을 연장하기로 했다. 되도록 사람이 없는 곳, 어둡고 한산한 곳만 골라 다녔다. 뒷골목에서 누군가 느리게 아코디언을 연주하고 있었다. 지나가던 남녀 한 쌍이 걸음을 멈추고 음악에 맞춰 춤을 추었다. 밤과 음악과 가벼운 비애가 합쳐져 눈앞에 펼쳐진 것 같았다. 첫 번째 비늘을 아코디언 연주자의 통 속에 넣었다.

나는 내가 원하는 물건이 무엇인지 알 수 없지만, 막상 눈앞에 나타나면 즉시 알아볼 거라는 막연한 확신을 갖고 있었다. 여러 종류의 가면을 파는 가게에서 마침내 그런 물건을 찾아냈다. 그것은 내가 최초로 만든 가면과 놀랍도록 흡사한 것이었다. 소년 잡지의 별책부록으로 한참 유행하던 로봇의 머리가 굵은 펜선으로 그려진 종이가면이다.

당시에 나는 크레파스를 쥐는 것도 능숙하지 않을 만큼 어린아이였지만 그 가면만은 반드시 내 손으로 완성하고 싶었다. 반나절을 꼬박 들여 색칠하는 일에 매달렸다. 어머니가 가면을 오려주고 구멍을 뚫어주었다. 마지막으로 까만 고무줄을 달자 마침내 완성이 됐다. 나는 가면을 썼다······ 아무 일도 일어나지 않았지만 동물 탈을 쓴 원시 부족민처럼 등줄기에 기합이 가득 들어가는 느낌이었다.

한동안 소중히 여겼지만 고무줄이 달린 귀 부분이 떨어지면서 서랍 어딘가에 처박아 두었다. 이후로는 영영 잊고 있었는데 바로 그 물건이 눈앞에 나타난 것이다.

"이거 얼마죠?"

놀랍게도 가면은 매우 비쌌다. 가지고 있는 비늘로는 턱없이 모자랐다. 잊고 있던 기억을 상기시키는 물건을 사기 위해서는 멀쩡한 기억을 더 많이 팔아야 했다.

"비싸면 관두쇼."

국경시장에서 상인과 손님과의 거래는 이런 식이었다. 전당

포 주인과 손님의 관계처럼 일방적이고, 부당하고, 난폭하기까지 했다. 하지만 가면을 꼭 손에 넣고 싶어진 나는 환전소를 찾아갔다.

인생에서 좋았던 순간이라고는 아버지와 떨어져 살던 시절뿐이었으므로 유년을 팔 생각은 터럭만큼도 없었다. 나는 아버지가 해외파견 근무를 마치고 귀국한 이후의 기억 일부를 팔기로 마음먹었다.

가면을 사고 난 다음에도 비늘은 꽤 많이 남아 있었다. 카페로 돌아갈까 하다가 길거리 음식을 맛보기로 했다. 낯선 음식을 먹고 재료와 요리법을 추측해보는 것도 꽤 즐거울 것 같았다.

나는 머릿수건을 두른 뚱뚱한 여자의 노점 앞에 앉았다. 되도록 많은 요리를 맛보기 위해 주문한 음식을 모두 한 입씩만 먹었다. 입안을 헹구려고 술도 곁들였다. 조금씩 먹었는데도 어느새 포만감이 밀려왔다. 나도 모르게 포크를 쥔 채 꾸벅꾸벅 졸기 시작했다.

내가 기억하는 것은 꿈이 네 조각으로 갈라지는 순간부터다. 달콤한 꿈을 꾸고 있었기에 나는 깨어나지 않으려고 힘껏 꿈을 붙들었다. 그러나 꿈은 '힘껏' 붙들 수 있는 것이 아니다. 그럴수록 도리어 의식이 선명해져 일찍 깨버리니 말이다.

'여기가 어딜까.'

낯선 침대 위에서 눈을 뜬 나는 천장에 붙어 있은 도마뱀을 멍하니 쳐다보았다. 국경시장의 일들이 꿈처럼 허망했다. 하지만 창밖을 바라보니 여전히 보름달이 휘황했고, 노점의 불빛들은 허공에 빛의 복도를 이루고 있었다. 열두 개로 늘어난 골목은 밤바다를 가르는 호화 유람선처럼 눈부시게 빛났다.

누군가가 방으로 들어왔다. 흑단처럼 검고 청동처럼 매끈한 피부의 여인이었다. 무슨 말인가를 했는데 안타깝게도 전혀 알아들을 수 없는 외국어였다. 말이 통하지 않자 여인은 내 손목을 잡더니 어디론가 나를 이끌었다.

계단을 오르내린 후 미로처럼 복잡한 복도를 지나자 양탄자가 깔린 넓은 방이 나왔다. 많은 여인들, 줄잡아 스무 명쯤 되는 여인이 거기 있었다. 하나같이 금실로 수놓은 자수 허리띠를 둘렀을 뿐 벌거벗은 상태였다. 거울로 된 천장과 벽들이 여인들의 숫자를 왜곡시켰다. 그들은 누가 먼저랄 것도 없이 다가와 침상에 나를 눕혔다.

나는 무자비한 쾌락에 두들겨 맞아 정신을 차릴 수 없었다. 내 인생에서 비슷한 경험이라고는 중학교 때 집단폭행을 당한 순간뿐이었다. 눈앞의 쾌락 또한 구타와 비슷한 부분이 있었다. 고개를 젖혀 거울이 달린 천장을 바라보자, 만화경 속의 무늬들이 모양을 바꾸듯 나와 여인의 결합이 끊임없이 다른 모습으로 변하고 있었다.

엔토르, 자레르, 이와쉬, 그리고 느네카…… 그녀들의 이름을 알기 위해 내가 몇 년치의 기억을 팔았는지도 가물가물하다. 아득한 시간이 흐른 것 같은데 실제로는 달이 동쪽으로 몇 걸음 옮겨갈 정도의 시간이 지났을 뿐이었다.

여섯 번째로 환전을 하고 돌아오는데 길 한복판에 유달리 인파가 북적거렸다. 틈을 비집고 들어가보니 원을 이룬 사람들 가운데 목 없는 남자의 시체가 뒹굴고 있었다. 얼굴은 사라졌지만 나는 그 옷을 똑똑히 알아볼 수 있었다. 식당에서 만난 남자가 입고 있던 중국식 상의였다. 순간 온몸의 털이 곤두서는 것 같았다.

"로나! 주코!"

서둘러 친구들을 찾았다. 그들을 찾아 탈출해야 한다는 생각뿐이었다. 남자의 최후가 그 이유를 말해주고 있었다.

우리가 만나기로 한 카페에 가봤지만 친구들의 모습은 보이지 않았다. 그때부터 국경시장에서 들렀던 모든 골목과 상점들을 거꾸로 되짚어보기 시작했다. 입술이 바싹 마르고 목이 잠겨 소리가 잘 나오지 않았다. 몇 개의 골목을 헤맨 끝에 뜻밖의 장소에서 로나를 발견했다.

"로나!"

로나는 인형을 파는 진열대 안쪽에 앉아 있었다. 마치, 상인처럼.

"뭐 하는 거야? 빨리 떠나야 해!"

팔을 잡아끌었지만 그녀는 꼼짝도 하지 않았다. 나를 전혀 알아보지 못하는 눈동자였다. 겁이 더럭 난 나는 마구 지껄였다. 나 몰라? 주코와 함께 몇 시간 전에 여길 왔잖아. 술을 얼마나 마신 거야…… 하지만 아무 소용이 없었다.

나는 답답한 마음에 가슴을 쾅쾅 쳤다. 로나는 겁먹은 표정이 되어 뒤로 물러나더니 사진 한 장을 꺼냈다. 그리고 사진과 나를 번갈아가며 보다가 내게 내밀었다. 로나와 내가 다합에서 찍은 사진이었다. 뒤에는 '나를 데리러 온 남자에게 줄 것'이라는 메모가 적혀 있었다. 로나의 글씨였다.

이 종이를 읽을 때쯤 나는 너를 알아보지 못할 거야. 기억을 모두 팔아 이 가게를 샀거든.

첫 줄을 읽자마자 무슨 일이 벌어졌는지 알 수 있었다. 로나는 마지막 환전을 하기 전에 이 글을 써두었던 것이다.

전 세계를 돌아다녔지. 처음에는 육 개월, 다음엔 이 년, 그다음엔

오 년이 걸렸어. 떠날 때마다 내 여행은 점점 길어져. 비행기를 타면서 이번이 마지막이라고 스스로에게 다짐했어. 수많은 나라에서 이방인이 되어봤으니 진정한 고향을 발견하면 그곳에 머물러 다시는 떠나지 않겠다고.

"여기가 네 고향이라고?"

이미 대답할 수 없게 된 로나에게 물었다. 그녀는 의아한 눈빛으로 나를 바라보았다. 설명을 해야 할 사람은 나라는 듯이. 나는 눈물을 흘리는 대신 마지막 문장을 읽었다.

다음 만월에 날 만나러 와줘.

그녀는 모든 기억을 전소시킨 순간에 이런 부탁을 남겼다. 로나는 더 이상 로나가 아니었다. 우아한 독신 귀족 같은 여자는 이제 사라졌다. 그녀는 슬픈 기억을 모두 버린 후에도 여전히 세상으로 나갈 자신이 없었던 것이다.

로나는 더 이상 나를 바라보지 않았다. 그녀의 텅 빈 눈동자는 거리의 손님들을 향해 있었다.

달이 기울어지자 문을 닫는 가게들이 하나 둘씩 늘어났다. 만월의 밤에만 열리는 국경시장은 달의 고도에 따라 번영하다가 스러지고 있던 것이다.

나는 아직 빛이 남아 있는 거리를 향해 발걸음을 돌렸다. 로나가 이곳에 뿌리를 내려버렸으니 주코를 찾아야 한다. 어쩌면 그역시 기억을 모두 팔고 중국식 상의를 입은 남자와 마찬가지 신세가 되어 있을지도 모른다. 시간이 별로 많지 않았다.

나는 불 꺼진 건물의 지붕으로 올라갔다. 높은 곳에서 내려다보면 미로 같은 시장을 빠져나가는 길을 쉽게 찾을 수 있을 것 같아서였다. 위에서 내려다보니 곳곳에서 파장의 기색이 역력했다. 내 눈길을 끈 것은 샛강 한 줄기가 시장 뒤쪽으로 흘러들어온 곳이었다. 거기에는 커다란 가방을 맨 장발의 남자가 환전상을 붙들고 실랑이를 벌이는 중이었다.

'주코!'

놀란 나머지 지붕에서 떨어질 뻔했다. 내가 본 잠깐 사이에 주코는 환전상에게서 무언가를 강제로 훔쳐 달아나려고 했다. 나는 정신없이 아래로 내려가 샛강 쪽으로 달려갔다. 막상 도착해보니 주코의 모습은 사라지고 없었다. 다리 위에 책으로 가득한 그의 가방이 버려져 있을 뿐이었다. 불길한 예감이 들어 나는 강 쪽으로 시선을 돌렸다. 강 한복판을 향해 주코가 헤엄쳐 가는 것이 보였다. 더 이상 물고기를 살 수 없자 직접 잡으려고 뛰어든 것이다. 그러나 이곳의 물고기들은 15세 미만의 소년에게만 잡힌다고 하지 않았던가.

"주코, 돌아와!"

있는 힘을 다해 소리쳤지만 돌아본 건 주변 소년들뿐이었다. 주코의 몸은 달빛을 받아 황금색으로 빛나는 포말 속에 휩싸여 있었다. 수백의 물고기가 그의 텅 빈 육체를 공격하기 시작한 것이다. 사지를 물어뜯긴 주코의 주변으로 핏물이 확 번졌다. 동시에 그의 길고 고통스러운 비명이 메아리쳤다.

마침내 물고기 떼가 흩어졌을 때 강에는 아무것도 남아 있지 않았다. 덤덤하게 이 장면을 지켜보던 소년들이 강으로 뛰어들어 포식한 물고기들을 잡기 시작했다.

국경시장의 먹이사슬을 목격한 나는 무력한 공포에 사로잡혔다. 그제야 거리를 가득 채운 여행객들이 어디로 사라졌는지 알 것 같았다. 달이 저물기 전에 시장을 빠져나가지 못한다면 내 운명은 어떻게 될 것인가.

나는 빛이 남아 있는 골목을 향해 달리기 시작했다. 왕성한 번식력을 자랑하던 시장은 열두 개의 골목에서 여섯 개의 골목으로, 여섯 개의 골목에서 다시 세 개의 골목으로 줄어들고 있었다. 모든 것은 변덕스럽고 믿을 수 없는 달의 음모인 것이다. 이미 동쪽 끝에서부터 여명이 밝아오고 있었다.

이제 국경시장에는 단 하나의 골목만 남아 있을 뿐이었다. 길의 끝에서부터 불어온 바람이 혼자 남은 나를 떠밀었다. 최후의 골목마저 점점 줄어들어 심장이 터지도록 뛰어야 했다. 더 이상 내 뒤로 아무런 빛도, 소리도, 냄새도 느껴지지 않을 무렵에서야 마침내 사면상이 모습을 드러냈다.

사면상을 통과하자 보이지 않는 육중한 문이 닫히는 소리가 들렸다.

***

그루터기 앞에 웅크린 채 간밤에 먹은 음식과 술을 모조리 게워냈다. 토해도, 토해도 끝이 없었다. 흐르는 침과 눈물을 소매로 닦은 후 벌렁 드러누웠다. 어디선가 새소리가 들려왔다. 나는 아침의 명백함을 일깨워주는 새들에게 강렬한 적개심을 느꼈다.

겨우 숨을 고르고 몸을 일으켜보니 거기에는 내가 두려워한 풍경이, 아무것도 없는 텅 빈 벌판이 펼쳐져 있었다. 사면상도, 열두 골목과 매혹적인 상품들도, 물고기를 잡던 소년들도, 환전상도, 로나와 주코도 사라지고 없었다. 부서진 노란 물고기 비늘만이 지나간 밤을 증거하고 있을 뿐이었다. 나는 먼지바람이 불어오는 강둑에 서서 웃자란 풀 사이를 뚫어지게 바라보았다.

빛나는 거리들은 어디로 갔단 말인가? 나는 그저 술과 밤에 취한 어리석은 방랑객인 것일까? 지구 한복판을 통과해 반대쪽으로 나온 사람처럼 모든 것이 낯설었다. 간신히 국경시장에서 탈출한 나는 망연히 주저앉아 도리어 지난밤의 일들을 떠올리고 있었다. 기억을 너무 많이 팔아버린 내게 그리워할 것이라고는 그곳밖에 남아 있지 않기 때문인가.

눈을 감았다. 눈꺼풀 안에는 아직 국경시장의 모습이 남아 있었으니까. 소경이 자기 어둠 속에서 만들어낸 풍경에 머물러 있는 것처럼 나는 눈을 감은 채로 풀숲에 누워 잠이 들었다. 다시 눈을 떴을 때 어제와 비슷한 달이 내 몸을 비추고 있었다.

그러나 이지러진 달은 나를 국경시장에 데려가주지 않았다.

***

조는 팩스를 내려놓고 한숨을 쉬었다. 보고서를 작성하기에는 별로 도움이 되지 않는 글이다. 하지만 대민업무에 치인 오 년 근무를 통틀어 가장 흥미로운 사건이기도 했다. 조는 석방될 남자를 직접 데려오기로 마음먹었다. 어차피 임시 여권이 발급될 때까지 그가 돌봐야 할 터였다.

민원이 밀려 그날은 출발할 수 없었다. 다음 날은 영사관의 휴

무라 하루가 더 미뤄졌다. 그 이틀 사이로 조는 남자를 영원히 데려올 수 없었다. 발작을 일으킨 남자가 병원으로 호송되는 도중에 숨을 거두고 말았던 것이다.

"노란 가루 있잖아요? 그게 눈꺼풀에 묻어 있더라고요. 이상한 일이죠? 다 압수한 줄 알았는데……."

시체를 지켜본 경찰은 못내 신기했는지 통화 끝에 이런 말을 덧붙였다.

김성중 1975년 서울에서 태어났다. 2008년 중앙신인문학상에 단편 「내 의자를 돌려주세요」가 당선돼 등단했으며 2년 연속 문학동네 젊은작가상을 수상했다. 소설집으로 『개그맨』이 있다.

그들과 여기까지

정용준

30......

　꿈꾸는 대로, 노력한 만큼 잘 살기란 쉽지 않다는 것을 기어이 인정하게 된 서른의 마음이란 어떤 걸까? 그들의 생각과 일상을 메우고 있는 지배적 감정은 뭘까? 죽고 싶다...... 아닐까? 뜻대로 되는 것이 하나도 없는 삶에 열기나 긍정적인 에너지가 남아 있을 리 없고 사는 것보다 차라리 죽는 것이 낫겠다는 쪽으로 생각이 기웃거리는 것은 어찌 보면 당연하다. 문제는 마음이다. 이런 생각은 갑자기 인생을 괜히 심각하고 복잡하게 만든다. 하지만 죽고 싶은 마음이란 사실 대단한 감정이 아니다. 누군가 갑자기 보고 싶어졌다거나 이유 없이 외로워지거나 맥락 없이 우울해지는 것처럼 죽고 싶은 마음도 그렇다. 자주 오고 또 그만큼 빠르게 지나가는 흔하고 흔한 감정 중 하나다. 심각해지지 않는 것, 우울의 허세를 잡지 않는 것, 누구나 다 하는 생각에 특별한 의미를 두지 않는 쿨한 마음이 필요하다. 죽음을 계획한 당신에게는 그들이 있다. 당신이 진짜로 죽으려고 하는 그 순간에 번거롭고 귀찮게 하는 그들. 그렇게 자살에 실패하고 하루하루 지내다보면 다른 마음이 생기고 좋은 일도 생기겠지. 뭐, 그렇게 살 수밖에 별수 없다.

계획대로 잘 살 것이다. 그렇지 않다면 차라리 죽어버리겠다. 나는 지겨운 이십 대라는 게임의 마지막 4쿼터가 둘 중 하나의 방식으로 끝나게 될 것이라고 생각했다. 이십 대를 반으로 접었을 때 반은 아무 생각도 없이 그저 시간을 소비하는 데 목숨을 걸었던 시간이었고, 나머지 반은 성공이라는 불확실한 어떤 미래를 위해 모든 것을 견디고 버티기만 했던 시간이었다. 완전히 다른 시절처럼 보이지만 돌이켜보면 둘은 데칼코마니의 양면처럼 똑같이 닮았다. 원하는 대로 살지 않았고 원치 않는 일을 피하지도 못했던 시절. 이십 대가 끝난 이 시점에 결과만 놓고 보면 내 노력들은 결국 다 헛되고 미친 짓이었다. 서른을 코앞에 두고 있지만 나는 아직도 집에서 벗어나지 못했고 결혼할 상대를 자력으로 구하지도 못했으며 월급이 나오는 빌어먹을 안정적인 직장도 얻지 못했다. 부모가 원하는 그 어떤 것도 이루지 못한 나는 굵직한 사건 하나 저질러보지 못하고 부끄럽고 번거로운 자식으로 전락했다. 사실 부모의 영향력에서 벗어나는 것은 오래된 나의 꿈이었다. 이십 대가 끝나가는 이 시점에 부모의 그늘에 숨어 저능아처럼 청춘을 허비하고 싶었던 것이 결코 아니었던 것이다. 하지만 지금의 나는, 그들이 경제적 지원을 끊으면 점심 한 끼 해결할 수 없는 무능한 삶을 살고 있다. 일상의 사각에 웅크리고 숨어도 배고프고 잠잘 곳이 없어 제 발로 기어 나와야 하는 치욕스러운 나날들. 때문에 나는 돈을 벌어야 했고, 취직을 해야 했다. 몇 가지 것들에 순응하고 참아내면 그들에게서 완전히 벗어날 수 있을 거라 생각했다. 그러기 위해 발버둥쳤다. 열심히 했고 무엇이든 다 참고 인내했다. 하지만 노력과 성과는 정비례하지 않았다. 나이 많은 어른들의 조급하고 지겨운 질문들, 듣기 싫은 안부와 하나 마나 한 위로와 충고들. 나는 그들이 쳐놓은 관심의 그물에서 완전히 벗어나기 위해 분노보다는 증오를, 저항보다 가만히 견디는 것으로 모든 것을 참아왔다. 나는 표면적으로 갈등 없이 순종적이고 무심한 태도를 유지해왔다. 훗날, 깔끔하고 흔적이 남지 않는 열기 없는 단절을 원했기 때문이다. 하지만 실패했다. 자신감은 내부에서 만들어지는 것이 아니었다. 힘을 내라고 하지만 힘은 스스로 만들어낼 수 있는 것이 아니었다. 힘을 낼 수 있는 그럴듯한 환경과 단계적인 성과가 필요했다. 내면의 아름다움과 보이지 않는 긍정의 힘. 이런 것들이 지금 내 안에 한 방울이라도 남아 있던가. 있다 한들 그것이 내게 힘이 되고 있는가. 속았다. 거짓인 줄 알았지만 진실이라고 믿으면 그것이 진짜가 될 수도 있으리라는 헛된 희망 속에서 얼마나 스스로 무력하게 파이팅을 외치며 이 시간을 견뎌왔던가. 이제 나는 파이팅이라는 구호조차 구역질 날 만큼 지독한 회의감에 잠겨 드디어 서른을 눈앞에 두고 있다. 내게 남은 것은 통장 밑바닥에 깔려 있는 소액의 돈과 일 년에 한 그룹씩 차근차근 인간관계를 끊고 살아 무의미해진 이름들만 저장되어 있는 휴대전화, 재활용 쓰레기로 전락하게 될 각종 수험서들뿐이었다. 다 버리고 지금 당장 잃어버려도 조금도 아쉽지 않은 것들을 지키며 그것들에 둘러싸여 이십 대를 보냈다는 것이 부끄럽고 화가 난다. 그나마 위안이 되는 것은 언제나 내 곁에 하마가 있다는 것이지만 그것마저 이젠 누릴 수 없는 행복이 되고 말았다. 하마도 결국 내 곁을 떠나야 하기 때문이다. 다르게 살았어야 했다. 하지만 지금에 와서 이런 각성이 무슨 의미가 있겠는가. 비참함만 증가할 뿐이다. 결국 나는 결심대로 죽을 것이다. 이곳이 아닌 다른 곳에 숨어 아무도 모르게 숨질 것이다.

***

남은 시간을 보낼 장소로 이곳을 택한 까닭에는 두 가지 이유가 있다. 되도록 집에서 먼 곳으로 가고 싶었다. 멀다는 것이 주는 아득함과 막막함 그리고 고독의 기운들. 이런 것들이 죽기 전 마음을 지배하길 바랐다. 죽음이 빨리 밝혀지는 것도 원치 않았고 소식을 듣고도 가족들이 쉽게 찾아올 수 없길 원했다. 또 다른 이유는 하마 때문이다. 하마가 자유롭게 살 좋은 환경을 마련해주고 싶었다. 녀석도 나처럼 원치 않는 환경과 방식으로 삶을 견뎌냈을지도 모른다. 내가 녀석을 사랑하고 아끼는 것과는 상관없이 나를 증오하고 혹은 체념하고 살았을 수도 있다. 녀석에게까지 나의 방식을 강요할 수는 없다. 죽음 대신 전혀 다른 새로운 삶을 선물해야 했다. 나는 이곳이 두 가지를 충족시켜주는 곳이라고 믿었다.

처음 도착했을 때 가장 이해하기 어려웠던 것은 이곳의 정체성이었다. 깊은 산속에 위치하고 있는 이곳을 찾기 위해 고속버스만 다섯 시간을 넘게 탔고 하루에 네 번만 운행하는 마을버스를 탔다. 산속 어딘가에서 내려 차 한 대가 겨우 지나갈 수 있을 만큼 좁은 길을 이십 분이나 걸어 올라가야 했다. 상권과 교통을 고려했을 때 사람조차 있어서는 안 되는 곳이다. 그런데 이곳에 뜬금없는 고시원이라니.

나는 고시원이 필요했다. 아니 고시원이 제공하는 최소한의 것들이 필요했다. 죽기 전에 몇 주라도 머물 곳이 필요했고 끼니를 해결해야 했으며 책을 읽거나 뭔가를 끄적거리기 위해 책상도 있어야 했다. 하지만 매일 여관에서 잠을 자고 매끼마다 밥을 사 먹는다면 남겨진 삶은 일주일 안에 끝이 난다. 내가 가진 것으로 남은 삶을 보내기 위해서라도 고시원은 어쩔 수 없는 선택이었다. 공동 주방에서 밥과 국, 김치가 제공된다고 했다. 필요하면 세탁한 베게와 이불도 빌려줄 수 있다고 했다. 무엇보다 저렴했고 집에서 가장 멀리 떨어져 있는 장소였다. 미리 알고 찾아간 곳이었지만 막상 도착하고 보니 뭔가 좀 이상했다. 도대체 왜 이런 곳에 고시원이 있는 걸까. 속세와 단절된 절과 같은 효과를 기대한 것일까. 하지만 감싸고 있는 분위기는 적막한 절도, 그렇다고 치열한 학업의 기운이 느껴지는 것도 아니었다. 뭐랄까, 지병을 앓고 있는 사람들이 격리 수용되어 있는 요양소나 노인들이 함께 모여 여생을 보내는 양로원 같다고 해야 할까. 고시원을 관리하는 주인은 이곳으로 찾아온 나를 의아하게 생각하는 것 같았다. 젊은이가…… 공부하러 왔나 보네. 여기가 공부하기는 좋지요. 주인은 나한테 하는 말인지 혼잣말인지 분간하기 어렵게 애매한 태도로 몇 마디 하다가 별도의 질문이나 주의사항도 없이 스스럼없이 107호 열쇠를 내줬다. 타인에게 피해를 주면 절대로 안 된다는 엄중한 경고를 귀에 못이 박히게 떠들어대며 호들갑을 떠는 도시의 고시원들과는 달라도 많이 달랐다. 마당에는 죽어가는 화초가 심어진 화단이 조성되어 있었고 기하학적인 형상의 나무 조각과 석수들이 곳곳에 널려 있었으며 바닥에는 동그랗고 매끄러운 자갈이 깔려 있었다. 황토로 지어진 건물은 오래되고 낡았으나 곳곳에 제법 꼼꼼하게 보수한 흔적들이 있었다. 방에 들어가기 직전 뭔가 생각났다는 듯 주인이 한마디 덧붙였다. 여기 특이한 사람들 많으니까 학생이 이해 좀 해요. 나는 사적으로 엮이는 게 싫어 빨리 고개만 끄덕이고 방으로 들어왔다. 어차피 만날 일도 없는 사람들이었다. 방문에 등을 기대고 잠시 방을 둘러봤다. 고시원은 고시원이었다. 직사각형의 좁고 작은 방. 덩그러니 놓여 있는 책상은 휑하고 쓸쓸했다. 벽지는 지저분했고 장판은 곳곳이 울퉁불퉁하게 떠 있으며 창문은 아귀가 맞지 않아 한 면을 노란 장판테이프로 붙여놨다. 금방이라도 틈 사이로 털이 수북하게 난 다족류 벌레들이 기어 나올 것 같았다. 각오는 하고 왔으나 어깨에 걸치고 있던 가방을 바닥에 내려놓으니 새삼스럽게 서럽다는 감정이 불쑥 솟았고 남은 생을 이곳에서 보내고 마쳐야 한다는 생각에 마음 한쪽이 푹 주저앉았다. 주인에게 들키면 반입이 되지 않을 것 같아 가방에 몰래 숨겨온 하마를 꺼내 장판 위에 놓았다. 긴 여행으로 지친 하마는 축 처진 몸으로 바닥에 누워 움직이지도 않고 빠르게 숨만 쉬었다. 낯선 환경에 대한 경계로 눈동자는 양옆으로 분주하게 움직였다. 안쓰러웠다. 나 때문에 원치 않는 길을 나선 녀석에게 미안했다. 나는 손가락으로 하마의 머리를 부드럽게 쓰다듬어주었다.

하마야. 우리가 왜 여기에 있는 걸까? 어두워질 무렵 하마의 입에 손가락을 톡톡 대며 물었다. 코를 쫑긋거리며 냄새를 맡고 아프지 않게 손가락을 깨물 뿐 하마는 별 반응이 없다. 하마를 살며시 손에 쥔다. 녀석은 얼굴만 내놓고 가만히 나를 쳐다본다. 예쁜 표정이다. 이 땅에서 내가 사랑하는 유일한 생물. 빠르고 약하게 뛰는 작은 심장. 녀석도 온몸의 감각을 통해 내 맥박을 느끼고 있을까?

하마는 이 년 전 팔만 원을 주고 구입한 애완용 다람쥐다. 그때는 뭔가가 간절하게 필요했다. 너무도 답답하고 건조해서 이러다 그냥 죽을 수도 있겠다는 위기감이 정신을 오염시키는 위험한 시절이었다. 어떤 질문도 없이 그저 나를 좋아해주고 따라주는 생물이 필요했다. 뭔가가 내 방에서 움직이고, 나를 알아보고, 나를 향해 몸을 기대오며 나로 하여금 그 무엇이든 하도록 자극하는 어떤 존재가 필요했다. 하마는 그렇게 유일한 내 친구가 됐다. 하마가 무릎 위에서 천천히 잠드는 모습을 물끄러미 내려다보고 있으면 마음이 벅찼고 이십 대에 한 일 중 유일하게 성공한 일은 하마를 만난 것이었다는 확신이 들었다.

나는 이곳에 잠시 머물다 곧 죽게 될 것이다. 육체는 어딘가에 묻히거나 소각되어 뿌려지겠지만 영혼은 어디로 가는지 알 수 없다. 나는 신을 모르기 때문에 신이 있다는 곳은 갈 수 없을 것이다. 죽음 이후에 정말로 육체와 영혼이 분리되는지도 모를 일이다. 죽음에 대해서 말하는 사람들은 아무도 죽어본 사람들이 아니기 때문에 믿을 만한 말은 하나도 없다. 사실, 그런 것은 내게 걱정거리도 아니다. 걱정이라고는 오직 하마, 내가 먹이를 주지 않으면 언제까지라도 내 손을 응시하고 있을 하마에 대한 걱정밖에 없다. 녀석은 천성이 야생동물이니까 내가 없으면 더 잘 살게 될지도 모른다. 나 아닌 동족을 만나 사랑에 빠지고 본능이 이끄는 방식으로 세계와 관계를 맺으며 행복할 수도 있다. 괜한 걱정을 하는지도 모르겠다. 정말 그렇기를 바란다. 내가 이곳을 선택한 이유는 하마에 대한 걱정이 컸기 때문이기도 하니까. 되도록 사람이 없는 곳, 아니 만날 수조차 없는 깊은 야생의 조건이길 바랐다. 먹이통에서 해바라기씨를 한 움큼 꺼내 바닥에 뿌린다. 하마는 금세 내 손을 벗어나 먹이를 입에 가득 담고 구석으로 도망간다. 녀석의 작은 등을 보고 있으니 슬프다는 생각이 들었고 하마터면 울 뻔했다. 하마도 결국 저렇게 등을 보이며 나를 떠나게 될 것이다. 방이 완전히 어두워졌다. 나는 불을 켜지 않고 이불을 당겨 그대로 바닥에 눕는다. 지친 하루였다.

정지한 매처럼 허공에 떠 있다. 조금씩 얇아져가는 줄 끝에 매달려 있다. 정지하지 않고 대기권까지 계속 떠오른다. 불안한 상태의 나는 이제 곧 떨어져 부서지거나 까맣게 타버릴 것이다. 영원히 밤만 이어지는 절대적 공간에 홀로 서 있다. 밤과 낮이 없는 우주의 한가운데 놓여 있다. 위도를 알 수 없는 지평, 거리를 가늠할 수 없는 수평, 시간이 얼어붙는 물속에 화석처럼 박혀 있다. 시작과 끝이 없고 앞과 뒤가 없는 어둔 밤, 끝없이 이어지고 반복되며 무한히 증식하는 미로 같은 방을 빙빙 돌며 그 속에서 나는 울었던가. 누군가를 부르며 소리쳤던가.

이상한 소리에 잠을 깼다. 방 안에 빛이 가득 했으나 아침인지 오후인지 가늠할 수 없었다. 새벽 내내 불면에 시달렸던 불쾌한 기운이 기상과 함께 두통처럼 밀려들었다. 일찍부터 잠에서 깬 하마가 내내 심심했던지 반가워하며 자꾸 손가락을 핥았다. 나는 멍하게 천장을 쳐다보며 중얼거렸다. 하마야, 지금이 몇 시야. 대답할 리 없는 하마의 침묵에 문득 외로워졌다. 꼭 땅속에 파묻혀 있는 것 같았다. 이상한 소리는 계속 들렸다. 나는 방문으로 고개를 돌려 소리의 정체가 무엇일지 주의 깊게 들었다. 잡음이 섞인 라디오방송 같았고 불명확한 주문 같기도 했다. 타인과 마주치는 게 싫어 방 밖으로 나가고 싶지 않았지만 소변이 마려웠고 목이 말랐다. 화장실에 가야 했다. 주방에 가서 물도 마셔야 했다. 그렇지 않으면 방광이 터지고 목이 말라 죽을지도 모른다. 나는 소리 나지 않게 조심스럽게 방문을 열고 발끝으로 복도를 지나갔다. 이상한 소리는 마당에서 들리는 것 같았다. 호기심이 생겨 복도의 창문을 통해 몰래 마당을 엿봤다. 이상한 장면이었다. 아랍 계열로 보이는 외국인 두 명이 마당에 서서 맞은편 산을 바라보고 있었다. 그들은 하늘을 향해 손을 올리고 알 수 없는 언어로 중얼중얼대다 땅에 엎드려 큰절을 했다. 그 행위는 한동안 반복적으로 계속됐다. 언뜻 보아도 그들의 예배 같았지만 그런 광경을 처음, 그것도 이 깊은 산속 고시원 마당에서 보고 있으니 어이가 없으면서도 기묘한 기분이 들었다. 자고 일어나니 낯설게 변해버린 거리를 바라보고 있는 판타지 영화의 주인공처럼 나는 뭘 어떻게 해야 할지 몰라 한참을 멍하니 서서 바닥에 엎드린 그들의 뒷모습을 지켜봤다. 그때 누군가 현관문을 열고 복도로 걸어 들어왔다. 소리를 지르진 않았지만 깜짝 놀랐다. 살면서 그렇게 무기력한 얼굴을 본 적이 없다. 안면근육이 처음부터 없던 사람처럼 그래서 표정이란 것을 한 번도 가져본 적이 없는 사람의 얼굴이었다. 그는 전체적으로 까만 피부를 갖고 있었지만 어쩐지 낯빛은 유령처럼 하얗고 희미한 느낌을 줬다. 말라 죽은 나뭇가지처럼 작고 깡마른 몸은 마주하는 것만으로도 내가 민망할 정도로 허약한 느낌이었다. 처음 보는 얼굴이군. 그는 인사라고 하기에는 너무도 불분명한 태도로 중얼거렸다. 그러곤 잠시 물끄러미 나를 쳐다보더니 그림자처럼 소리 없이 움직여 내 방 맞은편 109호 방문을 열고 들어갔다. 잠깐의 마주침이었지만 급격하게 기운이 빠졌고 기분이 이상해졌다. 나는 화장실만 들렀다가 서둘러 방으로 돌아왔다. 저 외국인들이 있는 마당을 가로질러 주방에 간다는 것은 지금의 나로서는 도저히 불가능해 보였다. 나는 아무하고도 마주치고 싶지 않았다. 조용히 머물며 정리할 것들을 정리하고 하마가 지낼 곳을 마련해준 뒤, 계획대로 잘 죽어야 했다.

　시한부가 된 삶이 아이러니하게도 살기 위해 몸부림쳤던 시절보다 훨씬 편안하다. 방에는 티브이도 없고 휴대전화도 없고 노트북도 없다. 때문에 읽어야 할 책도 없고 외울 단어도 없고 봐야 할 강의도 없다. 사막처럼 텅 빈 하루가 지평선처럼 무한히 열려 있는 시간은 막막하다기보다 나른했다. 해먹에 누워 아무 일 없이 시간을 바다에 빠뜨리는 적도의 섬사람들처럼 나는 의자에 뻐딱하게 걸터앉아 앞뒤로 몸을 움직이며 그저 시간을 죽였다. 아무 일도 안 했고 어떤 것도 걱정하지 않았다. 이제까지 진정한 휴식을 경험해보지 못하고 살았다. 문장 속에 삽입되어 있는 쉼표처럼 내가 가졌던 휴식이란 어떤 일과 일 사이에 놓여 있었다. 그 시간은 해야만 하고 마땅히 했어야만 할 전후의 어떤 일들에게 눈치를 봐야 했고 오랫동안 학습된 쉬는 시간 십 분처럼 서둘러 끝내야 했던 시간이었다. 단 한 번도 쉼 그 자체를 온전히 누려보지 못했던 시간들은 이십 대를 청춘이라고 말하기도 민망할 만큼 무력하고 초라하게 만들었다. 하지만 지금은 완전하고 완벽하다. 쉬는 것 외에는 아무것도 할 일이 없다. 나는 미치도록 심심한 이 할 일 없음이 너무 좋았다. 의자에 걸터앉아 천장을 바라보며 한 가지 생각에 집중하기 시작했다. 그렇다면 이제, 어떻게 죽어야 할까. 육체는 시간이 지나면 자연스럽게 정지하는 기계가 아니다. 방법을 생각하고 적극적으로 행동해야 한다. 나름대로 몇 가지 룰을 정해봤다. 일단 죽음 직전의 고통이 적어야 한다. 또한 죽음 이후에 남게 될 몸에 훼손이 거의 없어야 한다. 무엇보다 실패가 있어서는 안 되는 완벽한 방법이어야 했다. 잘 아는 의사가 있다면 전신마취 후에 심장을 멈추게 해달라고 부탁

174

할 것이다. 그렇다면 나는 심장이 멈추기 직전의 꿈속에서 영원히 머물 수 있을 것이다. 하지만 이런 방법이 가능할 리 없다. 아무도 나를 죽여주지 않는다. 아니, 아무도 나의 죽음에 관심 갖지 않는다. 나는 내가 죽여야 한다. 오른손으로 왼쪽 손목을 꾹 눌러본다. 맥박이 손가락을 툭툭 밀며 일정하게 뛰고 있다. 이 박동이 멈추면 삶이 끝난다는 게 믿어지지 않았다. 그때 갑자기 삑 소리를 내며 하마가 책상 위로 올라온다. 평소에 소리를 거의 내지 않는 하마가 소리를 내는 경우는 오직 한 가지다. 생각해보니 하루 종일 하마에게 물도 먹이도 주지 않았다. 나도 갑자기 허기가 졌다. 나 역시 온종일 아무것도 먹지 못했다는 것을 깨달았다. 일부로 먹지 않으려고 한 것은 아니었다. 단지 사람들과 마주치고 싶지 않아 식사 시간을 피하고 싶었던 것이다. 주방에서 누구하고도 접촉하고 싶지 않은 마음에 미루고 미루다 보니 끼니를 놓쳤다. 몇 시쯤 됐을까. 마당에 있던 외국인들의 그림자가 길었던 것으로 보면 화장실에 갔던 때가 늦은 오후였던 것 같다. 그 후로 꽤 많은 시간이 지났으니 지금은 아마 새벽일 것이다. 나는 먹이를 한 움큼 집어 바닥에 뿌렸다. 하마가 재빠르게 다가와 입속에 꾸역꾸역 먹이를 집어넣고 구석으로 도망갔다. 하마야, 천천히 먹어 물 갖다 줄게. 조심스럽게 방문을 열고 밖으로 나갔다. 나는 마당에 가만히 서서 하늘을 올려다봤다. 달이 없고 별이 많이 뜬 까만 밤. 어둠 속에 몸을 숨긴 야행성 동물들은 서로의 이름을 부르며 각각의 목소리로 울고 있었다. 물 빠진 수조처럼 머릿속이 텅 비는 것 같았다. 모든 생각이 소멸하며 사라지는 불처럼 강한 빛만 남기고 없어지는 것 같았다. 하늘의 별은 물속에 잠겨 있는 반짝이는 돌처럼 무수히 많았고 깊이를 알 수 없는 수심처럼 원근을 느낄 수 없어 현기증이 날 정도였다. 나는 멍하게 중얼거렸다. 멋지다. 까만 밤바다를 마주할 때 느껴지는 무력감과 그 속으로 뛰어들고 싶은 충동이 온몸을 사로잡았다. 나는 급히 고개를 저었다. 소리 나게 한숨을 내쉬고 밤하늘에서 눈을 거두었다. 감상에 빠져들기가 어려울 정도로 배가 고팠고 목이 말랐다. 나는 조심스럽게 문을 열고 주방에 들어갔다.

그런데 그곳에 그들이 모여 있었다. 마치 함정을 파고 그늘에 숨어 고요히 나를 기다렸던 것처럼, 그들이 그곳에 있었다. 주방은 신발을 벗고 들어가야 하는 구조였다. 나무로 된 네 개의 넓은 탁자가 있었고 그 옆에 냉장고가 있었다. 커다랗고 투박한 밥통과 국이 들어 있을 것으로 보이는 까만 솥단지가 놓여 있었다. 조도가 낮고 수명이 다해 끝이 검게 타들어가 깜박거리는 형광등 밑에 낯선 이들이 물끄러미 앉아 나를 바라보고 있었다. 그들의 눈빛은 거리를 두고 나의 동선을 가만히 지켜보는 길고양이처럼 집요하고 무심했다. 회색 트레이닝복을 맞춰 입은 외국인 두 명은 탁자에 마주 보고 앉아 카드 게임을 하고 있었고 복도에서 마주쳤던 유령처럼 마른 그 남자는 냉장고에 등을 기대고 앉아 길쭉한 나무를 깎고 있었으며 나이를 가늠할 수 없는 추레한 행색의 아주머니는 신문지를 이면지 삼아 매직펜으로 한자를 쓰고 있었다. 당황한 나는 한동안 문고리를 잡고 가만히 서 있었고 그들 역시 행동을 멈추고 멍하게 서 있는 나를 쳐다봤다. 벽에 걸려 있는 시계를 봤다. 새벽 세 시 반. 이 야심한 시간에 이들이 함께 모여 도대체 무엇을 하고 있단 말인가. 금지된 불법 도박장에 잘못 들어온 사람처럼 나는 어떻게 해야 할지 몰랐다. 그때 한 손에 칼을 쥐고 있던 남자가 심드렁하게 얼굴을 돌리며 다시 나무를 깎기 시작했다. 나는 최대한 아무렇지도 않은 표정을 유지하며 마치 이곳에 대해 잘 아는 사람처럼 자연스럽게 안으로 들어갔다. 웃지도 않았고 가벼운 인사도 하지 않았다. 선반에 뒤집혀 있는 그릇을 들고 밥통을 열어 밥을 펐고 솥단지를 열었다. 엄지손가락만 한 크기의 하얀 두부가 떠 있는 김치찌개였다. 나는 망설임 없이 옆에 놓여 있는 큰 국자로 내용물을 몇 번 휘젓고 그대로 그릇에 퍼 담았다. 그리고 문에서 가장 가까운, 그러나 그들에게서는 가장 멀리 떨어져 있는 탁자의 구석에 앉아 고개를 숙이고 떠먹기 시작했다. 밥을 말아 먹기에는 찌개가 상당히 짰지만 개의

치 않고 묵묵히 숟가락을 움직였다. 나는 알 수 있었다. 여전히 외국인 두 명과 아주머니는 나를 지켜보고 있다는 것을. 그때 냉장고를 기대고 앉아 있던 남자가 바닥에 칼을 내려놓고 냉장고를 열고 뭔가를 꺼낸 후 나를 향해 천천히 걸어왔다. 나는 긴장했다. 어떤 방식으로든지 그와 접촉하고 싶지 않았다. 그는 잠시 내 옆에 서 있더니 들고 있던 그릇을 탁자 위에 올려놓고 돌아갔다. 김치였다. 나는 잠시 고민했지만 고개를 들지 않았고 아무 말도 하지 않았다. 가슴이 답답했고 몹시 불안했다. 빨리 먹고 다시 방으로 돌아가고 싶었다. 정체를 알 수 없는 사람들이 깊은 새벽에 모여 하는 일이 뭔지는 모르겠지만 주방에 떠도는 공기도 함께 나눠 마시고 싶지 않았다. 부푸는 풍선처럼 불안은 점점 커졌다. 아주머니도 나를 향해 다가왔다. 그녀는 선반에서 뭔가를 부스럭거리며 찾더니 꽉 묶어놓은 하얀 비닐봉지를 탁자에 놓고 야릇한 표정으로 나를 잠깐 쳐다보더니 돌아갔다. 봉지 속에 들어 있는 것은 분쇄되어 있는 조미 김이었다. 불편해서 미칠 지경이었다. 나는 그들이 놓고 간 그 어떤 것에도 손을 대지 않고 그릇을 다 비웠다. 그리고 자리에서 일어나 빨리 주방에서 나가려고 급하게 설거지를 했다. 그때 누군가 내 등을 툭툭 두드렸다. 나는 깜짝 놀랐지만 태연한 표정을 유지하며 조심스럽게 뒤를 확인했다. 외국인 중 한 명이었다. 까만 피부에 심하게 뭉쳐 있는 머리, 빼곡히 인중을 뒤덮고 있는 무수한 수염, 좋지 않은 냄새. 그는 내 얼굴 앞으로 카드를 내밀고 흔들며 이상한 표정으로 위협하기 시작했다. 순간, 목뒤의 솜털이 곤두섰다. 더 이상 견딜 수 없었다. 불쾌했고 너무 무서웠다. 나는 씻던 그릇을 개수대에 그대로 두고 밖으로 뛰쳐나갔다.

머리꼭지부터 발가락 끝까지 붉게 달아올랐다. 차가운 벽에 뜨거운 이마를 대고 진정하려고 노력했다. 뜨거운 물이 가득 담긴 플라스틱 물통이 된 기분이었다. 몸에 열이 올랐고 화가 났다. 기분이 더러워졌고 내부에 뭔가가 확 들려버린 것처럼 마음이 심히 붐볐다. 이를 꽉 물고 소리 나지 않게 욕설을 내뱉었다. 나는 제자리에서 빙빙 돌며 정체를 알 수 없는 이 치욕이 지나가길 기다렸다. 그런데 왜 화가 나는 걸까? 도대체 왜 이렇게 수치스럽고 부끄러운 걸까? 나는 의자에 걸터앉아 화가 난 이유에 대해 생각해봤다. 특별한 이유는 없다. 그곳에 그들이 있었기 때문이고, 나는 그들을 만나고 싶지 않았기 때문이다. 그들에게는 잘못이 없다. 알지만 그들 때문에 지금 나는 미칠 것 같은 순간을 경험하고 있다. 나는 이를 갈고 또 갈면서 직전의 상황을 저주했다. 하지만 나는 알고 있었다. 나의 분노와 느껴지는 수치심은 사실 나를 향하고 있는 것이었다. 그것을 부정할 수 없기에 내가 이토록

악에 받쳐 끙끙거리는 것이다. 가만 생각해보면 그들은 내게 잘
해주었다. 인사도 없이 냉소적인 나를 향해 반찬을 가져다주었고
내가 맘에 들진 않았겠지만 웃어주었다. 외국인이 무턱대고 내게
카드를 들이밀었던 것은 아무리 생각해봐도 무례하고 짜증나지
만 어쩌면 같이 게임이나 하자는 요청이었을 수도 있다. 아니, 그
랬을 것이다. 그러나 나는 그들에게 눈곱만큼도 미안하지 않다.
나는 고립을 원했다. 그들은 나를 방해했고 그어놓은 선을 마음
대로 넘어왔다. 속이 너무 끓어 피가 거품이 될 것 같다. 지금 그
들은 나를 어떻게 생각하고 있을까? 괴상한 녀석이 고시원에 들
어왔다고 생각하겠지. 사회성이 결여되고 자폐적인 성향을 가진
미친 녀석이 자신들을 무시했다고 소리 높여 욕을 하고 있겠지.
아, 내부의 감각들이 송곳처럼 날카롭게 곤두선다. 그러는 중에
도 배는 계속 고팠고 목은 말랐다. 가만히 있어도 배고프지 않고
상하지 않는 돌이 되고 싶다. 아무것도 하지 않고도 존재할 수 있
는 사물이 되면 좋겠다. 그렇다면 힘들게 뭔가를 하며 살지 않아
도 되고 반대로 스스로 죽을 필요도 없고 지금처럼 이렇게 고통
스러운 인식으로 괴롭지도 않을 것이다. 생각하고 인식한다는 모
든 것들이 다 귀찮고 번거롭다. 시간을 앞당겨야겠다. 내일부터
자살을 계획할 것이다. 해바라기씨를 입에 가득 담아 볼이 터질
것 같은 하마가 안절부절못하는 나를 멍하게 쳐다보고 있다.

***

모자를 눌러쓰고 고시원 밖으로 나갔다. 하마는 방에 두고 나왔다. 아직 하마에게 새로운 세상을 보여주고 싶진 않았다. 미명에 어둠은 걷히고 사물들이 푸른빛을 띠고 드러나기 시작했다. 안개가 짙었고 그 속에 잠겨 있는 산이 흐릿하게 지워진 윤곽으로 허공에 둥둥 떠 있었다. 그 모습은 수평선에 걸려 거리를 가늠할 수 없는 먼 섬처럼 보여 아득하게 느껴졌다. 죽기 전에 해야 할 일이 있었다. 산으로 난 길을 따라 천천히 걷기 시작했다. 가방도 없고 음악도 없고 시계도 없었다. 돌아올 때를 마음속으로 염두에 두지도 않았다. 근래 들어 산책을 한 적이 거의 없었다. 물론 종종 걸었다. 머리를 식히기 위해서 걸었고, 가만히 있으면 건강에 좋지 않다는 의견을 무시할 수 없어 걸었고, 이것저것 다 막힐 때면 별수 없이 그냥 걸었다. 내게 산책은 그런 의미였다. 발은 걷고 있지만 직전의 상황과 돌아가서 해야 할 일들을 생각하며 머리는 늘 복잡하게 꼬여 있었다. 풍경은 없고 내 곁을 스쳐지나가는 사람들만 보이는 이상한 산책. 하지만 지금 이 산책은 순수하다. 걷는 것 말고는 할 게 아무것도 없는 오늘이다. 눈에 보이는 모든 길을 걸을 것이다. 그것이 오늘 내가 할 수 있는 유일한 일이다. 생각해보니 가장 견딜 수 없었던 순간은 내가 특별한 사람이 아니었다는 것을 기어이 인식하게 될 때였던 것 같다. 심지어 앞으로도 특별한 삶은 고사하고 평범한 삶조차 어려우리라는 절망적인 전망은 나로 하여금 수족이 묶여 우리에 던져진 짐승처럼 무기력하게 만들었다. '나는 생각한다. 고로 존재한다'는 명제에 반감이 생기는 날들의 연속이었다. 존재라는 단어가 이토록 하찮은 것이었던가. 나의 실존은 흐릿하기만 했고 삶의 조건들은 초라하기만 했다.

발바닥이 뜨겁고 발목이 뻐근했다. 얼마나 걸었을까? 문득 눈을 들어 주위를 살펴보니 이름 모를 침엽수가 빼곡하게 서 있는 숲의 한가운데 서 있었다. 어느새 안개는 걷혀 햇빛이 숲 사이를 뚫고 광선처럼 발밑을 비추고 있었다. 공기는 차고 맑았다. 풀과 나무가 뿜는 향이 정신과 피를 정결하게 만드는 것 같았다. 처음으로 이곳에 오길 잘했다는 생각과 만족감이 마음을 가득 채웠다. 이곳 어딘가에 하마를 놓아줄 것이다. 작은 구덩이를 파서 먹이를 가득 집어 넣어줄 것이다. 하마는 본성이 이끄는 야생의 방식으로 살게 될 것이다. 하지만 걱정도 된다. 스스로 먹이를 구하지 못하거나 천적을 피해 도망갈 힘이 부족할 수도 있다. 한편으로는 이런 걱정도 들었다. 놓아주자마자 뒤도 돌아보지 않고 나를 떠나버리면…… 내게 등을 보이고 전력으로 달아나버리면 어떡하지. 마음이 쓸쓸해지고 이상해지려고 했다. 그럴 리 없어.

우리가 그동안 어떻게 지내왔는데…… 어쩌면 내게서 떨어지지 않으려고 자꾸 따라와서 애를 먹을지도 몰라. 나는 애써 자위하며 왔던 길을 되짚어 내려가기 시작했다. 내가 보내주는 거다. 내가 새로운 삶을 선물하는 거야. 나는 걸음을 재촉하며 초조한 마음을 달랬다. 하마가 너무 보고 싶었다.

107호 방문 앞에 놓여 있는 검은 비닐봉지. 주위를 둘러봤다. 아무도 없다. 나는 발끝으로 봉지를 열어 조심스럽게 안을 살펴봤다. 팥빵과 노란 크림빵이었다. 나는 봉지를 들고 복도를 살피며 잠시 고민에 빠졌다. 뭐지? 나보고 먹으라고 놓아둔 것인가? 그러니까, 일종의 이웃의 호의 같은? 나는 낯선 이가 던져준 먹이를 눈앞에 두고 고민에 빠진 개처럼 끙끙거렸다. 무시하고 지나가기에는 배가 너무 고팠다. 이곳에 와서 이틀이 지났는데 한 끼밖에 먹지 못했다. 그리고 그들이 베푸는 호의를 무시했다가는 어떤 일을 당할지 예측할 수 없었다. 칼을 쥐고 있던 남자와 아랍계 외국인들. 그들이 이런 산골에서 처박혀 무슨 생각으로 또 어떻게 지내왔는지 나로서는 알 길이 없다. 단지 온몸의 감각이 내게 일러바치는 경고를 민감하게 감지하며 직관을 믿을 뿐. 고민 끝에 봉지를 들고 방으로 들어왔다. 하마가 스프링처럼 총총 뛰면서 반겨줬다. 마음의 살얼음이 일순간 녹아내리는 것 같았다.

나는 하마를 옷 속에 집어넣었다. 하마는 작은 혓바닥으로 목과 가슴을 연신 핥아대며 재롱을 부렸다. 빵 봉지를 뜯었다. 고소한 버터 냄새가 방 안에 가득 퍼졌다. 한쪽을 조금 뜯어 하마에게 주고 나머지를 입안에 넣었다. 달콤한 크림과 고소한 맛이 혀뿌리까지 녹일 것 같았다. 나는 의자에 등을 기대고 앉아 천천히 빵을 씹으며 먹는 행위가 주는 기쁨에 깊이 잠겼다. 문득 이런 생각이 들었다. 수없이 많은 사인이 있지만 굶어 죽는 것이 가장 끔찍할 것 같다. 그렇게는 죽지 말자. 그렇다면 이제 현실적인 고민을 해보자. 나는 어떻게 죽을까. 의자 뒤로 머리를 넘겨 몸을 쭉 펴고 천장을 올려다봤다. 하마가 살 곳도 정해졌고 어느 정도 마음의 준비도 끝났다. 이젠 더 미룰 수 없다. 유서를 쓸까? 쓴다면 무슨 내용을 써야 할까? 죽음을 선택할 수밖에 없었던 이 거지 같은 상황과 청춘의 패배에 대해 장문의 불만을 토로할 수도 있다. 시체를 만지게 될 부모님이나 친지들에게 보내는 사과의 편지를 쓸 수도 있다. 하지만 그렇게 한들 인생에 실패한 폐인이 남긴 문서 한 장이 무슨 의미가 있겠는가. 유서란 무덤 앞 묘비에 새겨진 고인의 이름과 사망 날짜보다 덧없는 것이다. 떠날 자에게도 남겨진 자들에게도 무용한 기록. 그래, 유서 따위는 필요 없다.

그런데 또 목이 말랐다. 화장실에서 수돗물을 마실까 잠깐 고민했지만 주방에 들어가기로 했다. 생각해보니 그렇다. 죽음을

184

앞두고 있는 인생이다. 두려울 것도 미련도 없다. 그들이 나를 어떻게 생각하든, 내가 그들을 어떻게 생각하든, 하물며 그들이 나를 갑자기 죽인다고 해도 문제될 것이 없지 않은가. 갑자기 마음이 놀랍도록 뻔뻔하고 단단해졌다. 나는 거리낌 없이 주방으로 들어갔다. 여전히, 그들은 그곳에 있었다. 새벽에도 한낮에도 주방에 모여 있는 이 사람들은 도대체 뭐 하는 사람들인가. 외국인들은 보이지 않았지만 아주머니는 설거지를 하고 있었고 나무를 깎던 남자는 신문을 읽고 있었다. 아주머니와 눈이 마주쳤다. 눈빛을 통해 뭔가가 서로 전해지기 전에 재빨리 얼굴을 돌려 밥통이 있는 쪽으로 걸어갔다. 어제처럼 조급한 느낌이 들지 않도록 천천히 밥을 펐다. 냉장고를 열어 김치도 꺼내 제법 여유 있는 모습으로 탁자 앞에 앉았다. 아주머니가 젖은 손을 바지에 탁탁 닦아내며 맞은편에 앉아 내게 말을 걸었다. 빵 드셨어요? 나는 말없이 고개만 살짝 끄덕였다. 저기, 아저씨가 고시원 전체에 다 돌린 거예요. 아주머니가 손가락으로 가리킨 곳에는 새벽에 칼을 쥐고 있던 남자가 앉아 있었다. 그는 신문을 탁 소리가 나게 반으로 접으며 앙상하게 마른 왼손을 살짝 들고 오만한 표정으로 나를 쳐다봤다. 나는 고개를 살짝 숙여 감사를 표했다. 밥을 먹고 있는 나를 지켜보는 아주머니의 입술이 떨리고 있었다. 나는 느낄 수 있었다. 그녀가 엄청나게 많은 말을 떠들어대고 싶은 것을 겨우겨우 참고 있다는 것을. 그녀의 인내심이 바닥나기 전에 최대한 빨리 그곳에서 벗어나야 했다. 밥 먹는 속도를 높였다. 나는 완고하게 침묵함으로 아주머니를 무안하게 만들 작정이었다. 식사를 끝내고 설거지를 마칠 때까지 단 한 마디의 말도 하지 않았고 아주머니에게 눈길 한 번 주지 않았다. 어제 새벽처럼 주눅 들거나 눈치 보지 않았다. 당당하고 차갑게 행동했다. 나는 컵에 물을 가득 따라 마시면서 마음이 묘한 방식으로 뿌듯해지는 것을 느꼈다. 그때 외국인들이 알아들을 수 없는 이상한 말로 떠들며 주방으로 들어왔다. 그들의 눈과 주방에서 막 나가려는 내 눈이 마주쳤다. 송아지처럼 엄청나게 긴 속눈썹을 갖고 있는 까맣고 기름진 눈들. 그들은 반가운 표정을 지으며 내게 인사하려 했다. 하지만 나는 그들과 마주치고 싶지 않았기 때문에 재빨리 얼굴을 돌렸다. 그때 등 뒤에서 아주머니가 말했다. 학생! 커피! 안 들리는 척하고 도저히 그냥 지나갈 수 없는 크고 우렁찬 목소리. 나는 아주머니가 내밀고 있는 종이컵을 마지못해 받아들고 고맙습니다, 라고 짧게 인사한 뒤 서둘러 주방을 빠져나갔다. 그렇게 별문제 없이 주방을 벗어나는 줄 알았다. 하지만 마당을 가로지르기 전 주방 쪽에서 들리는 말 한마디에 마음은 완전히 잡치고 말았다. 말할 줄 아네. 말할 줄 알아. 그리고 이어지는 기분 나쁜 웃음소리들. 그렇다면 그들은 내가 말도 못 하는 벙어리라고 생각했단 말인가. 방에 들어와 의자에 앉아 책상에 이마를 꿍꿍 내리찍었다. 가만히 앉아 있다가는 속에서 불이 날 것 같았다. 한참 뒤 심호흡을 크게 하며 마음을 다스렸다. 지금 이런 일로 이성을 잃으면 모든 것이 뒤엉킨다. 이럴 때일수록 냉정해야 한다는 생각이 마음을 빠르게 진정시켜주었다. 그래, 이제 죽을 건데 사소한 일로 흥분하지 말자.

나는 죽음이 두렵지 않다. 그것이 무엇인지 모르기 때문이다. 모르는 세계 저 너머에 대한 인류의 수없이 많은 상상이 모여 두려움이라는 불멸의 공포를 잉태했다. 하지만 반대로 같은 이유로 두렵지 않을 수 있다. 깜깜한 밤이 두려운 것은 그 속의 사물들이 빛을 잃고 감추어지기 때문이다. 사물은 어둠 속에서 그저 놓여 있을 뿐 변태하거나 증식하지 않는다. 지금 내가 집중해야 하는 것은 죽음 이후의 문제가 아니다. 죽기 직전 내가 겪어야 할 마지막 감각에 대한 것이다. 죽음이 어떤 감각을 타고 오는지 알 수는 없으나 바라기는 잠과 같기를 바란다. 잠이 드는 순간을 느껴보려고 아무리 애를 써도 불가능한 것처럼 죽음에 이르는 감각도 무감각하기를 바라는 것이다. 때문에 목을 매달거나, 칼로 동맥을 자르거나, 내장을 녹이는 약물을 삼키거나, 높은 곳에서 뛰어내리는 고통스러운 방식을 취하지는 않을 생각이다. 생생하게 느껴지는 삶이라는 멀쩡한 감각에 정면으로 충격을 가하는 방식은 내가 원하는 죽음이 아니다. 숨이 막혀 질식할 때까지 호흡을 참을 수만 있다면, 심장이나 뇌로 향하는 혈관을 스스로 꽉 조일 수 있다면 얼마나 좋을까? 하지만 그것은 불가능하다. 마음은 죽기를 원하지만 몸은 살기 위해 몸부림칠 것이다. 많이 생각해 봤다. 방법은 한 가지밖에 없다는 결론에 이르렀다. 밀폐된 공간에서 가스에 노출되는 것이다. 나는 외상없이 질식함으로써 마치 깊은 잠에 빠진 것 같은 모습으로 아름답게 숨질 것이다. 내일 동이 트면 하마와 함께 마지막으로 산책을 하고 새로운 삶을 선물한 후 아름답게 작별할 것이다. 그리고 그 길로 가까운 읍내에 나가 연탄을 구해올 것이다. 하마가 없는 고독한 방에 홀로 앉아 잠시 생각에 잠긴 후 일산화탄소를 깊숙한 곳까지 흡입하며 미련 없이 죽을 것이다. 마음이 차분해진다. 자살을 결심하게 된 까닭은 삶의 실패에 있었지만 결과는 그 어떤 삶의 마무리보다 성공적이라는 확신이 들었다. 나는 종이컵을 구기며 결의를 다졌다. 남은 시간이 길지 않지만 하마와 함께라면 결코 외롭지 않다. 손가락으로 책상을 톡톡 두드리며 하마를 불렀다. 조용했다. 구석에서 자고 있는 걸까. 나는 하마를 부르며 책상과 벽이 마주하고 있는 틈과 바닥에 널려 있는 옷과 가방을 뒤지기 시작했다. 없었다. 나는 불길한 느낌으로 천천히 뒤를 돌아 방문을 확인했다. 방문이 살짝 열려 있었다. 사람은 절대 빠져나갈 수 없는 작은 틈이지만 몸피가 작은 다람쥐는 얼마든지 빠져나갈 수 있는 간격이었다. 나는 다급하게 방문을 열고 복도를 살펴봤다. 복도의 어디에도 하마는 없었다. 복도 끝에 위치한 화장실 문이 개방되어 있었고 마당으로 통하는 현관 역시 열려 있었다. 갑자기 식은땀이 나면서 머리가 아팠다. 화장실을 확인하고 복도 구석구석을 살펴봤다. 복도에 붙어 있는 모든 방문을 일일이 열어 내부를 확인하고 싶은 충동이 일었지만 꾹 참았다. 어떤 인간들이 있을지 모르는데 도저히 그 방문들을 노크할 수는 없었다. 하마는 어디에 있을까? 현관으로 나갔다면 일이 복잡해진다. 나는 마당을 기점으로 고시원 전체를 뒤지기 시작했다. 화단에 심은 화초 사이사이를 뒤졌고 쓰레기통 뒤를 확인했다. 재활용 쓰레기가 쌓여 있는 창고에도 들어갔다. 나는 작지만 또렷한 목소리로 하마야, 하마야, 라고 외치며 돌아다녔다. 그때 주방에서 나의 이상행동을 지켜보던 아주머니가 물었다. 지금 뭐 찾으세요? 하마가 사라진 이 시점에 체면을 따질 겨를이 없었다. 나는 절박한 목소리로 대답했다. 제가 키우는 다람쥐가 사라졌어요. 애완용 다람쥐예요. 개나 고양이 같은. 아주머니는 잠시 멍한 표정으로 다람쥐요? 하고 한 번 묻더니 주방으로 들어갔다. 잠시 후, 아주머니는 보자기를 들고 마당으로 나왔다. 그 뒤를 따라 외국인 두 명과 남자도 나왔다. 외국인들은 즐겁고 흥분된 표정이었고 남자는 여전히 의

욕 없는 표정으로 두 팔을 밑으로 축 늘어뜨리고 무심하게 나를 쳐다봤다. 사람들이 다람쥐를 찾기 시작했다. 남자는 마당에 떨어져 있는 막대기를 하나 집어 화초를 툭툭 치며 천천히 걸어 다녔고 아주머니는 큰 소리로 다람쥐야, 다람쥐야, 라고 외치며 나타나면 금방이라도 보자기로 덮칠 것처럼 두 손으로 보자기를 쫙 펴고 있었다. 외국인들은 기괴한 발성으로 쪼, 쪼, 쪼, 소리를 내며 하마를 찾았는데 꼭 어떤 주문을 외우는 것 같았다. 밤이 되고 어두워졌다. 그럼에도 하마는 나타나지 않았다. 나는 실망감과 미안함이 뒤섞인 마음으로 그들에게 고개를 숙여 고맙다고 인사를 하고 방으로 돌아왔다. 남자는 나를 뒤따라 자신의 방으로 돌아갔고 아주머니와 외국인들은 한동안 하마 찾는 것을 포기하지 않고 마당에서 떠나지 않았다. 나는 의자에 앉아 멍하게 천장을 바라봤다. 온몸에 힘이 빠졌다. 발밑으로 아무것도 느껴지지 않았다. 꼭 이대로 모든 게 우르르 소리를 내며 무너져 땅속으로 매몰될 것 같았다. 쪼, 쪼, 쪼, 소리가 먼 곳에서 들리는 새소리처럼 오랫동안 마당에서 들려왔다.

***

엉망이다. 모든 것을 잃었다. 멀쩡하게 놓여 있는 세상의 모든 사물들에게 일일이 저주를 퍼부으며 모조리 박살을 내고 싶은 기분이다. 어차피 야생으로 돌려보낼 짐승이었으니 차라리 잘된 거 아니냐고 몇 번이고 내 자신을 타일러도 마음속에서는 울분만 차올라서 입을 열 때마다 불이 나올 것 같았다. 내가 직접 의미를 부여하고 보내주는 것과 잃어버린 것은 전혀 다른 개념이다. 방에서 뛰쳐나간 하마가 미워지려고 할 때마다 작은 동물이 뭘 알겠냐 싶어 나 자신을 책망했다. 계획이 틀어졌다. 아니, 완전히 박살이 났다. 유일한 친구였던 하마를 잃어버렸고 마주치기 싫었던 사람들의 도움을 받았다. 자존심이 상하고 속이 아파서 미칠 지경이다. 이 번거롭고 귀찮은 상황을 모두 뒤로하고 죽어버리자고 마음을 먹어도 그들이 나의 죽음을 어떻게 해석하게 될까에 대한 생각에 이르면 힘이 쭉 빠졌다. 어차피 나의 죽음을 가장 먼저 알게 될 사람들은 그들이 될 것이다. 경찰이나 가족들이 그들에게 나에 대해 묻겠지. 그러면 그들은 이렇게 대답할 것이다. 우리도 잘은 모르지만 굉장히 우울해 보였어요. 아, 얼마 전 애완용 다람쥐를 잃어버린 것 때문에 상심이 컸던 것 같아요. 어쩌면 그 실망감 때문에 죽었을 수도 있겠군요. 아, 그럴 수는 없다. 그동안 내가 차분하게 정리하고 스스로 무시해버린 세상의 조건들과 담대한 죽음의 선택이 그렇게 유약하고 우스운 방식으로 해석돼서는 안 되는 것이다. 무조건 하마를 찾아야 한다.

다음 날, 아침 일찍부터 하마를 찾기 시작했다. 어릴 때부터 사람 손에 길들여진 하마가 바로 산으로 도망쳤을 것 같진 않다. 답답한 방에 갇혀 있어 놀고 싶었던 마음이 컸을 것이다. 그렇다면 분명 이 근처에서 사람의 눈을 피해 놀고 있을 것 같은데 도대체 어디에 있는 걸까. 나는 해바라기씨를 마당 곳곳에 뿌리고 하마를 유인하려고 애를 썼다. 기도하는 심정으로 속으로 외치고 또 외쳤다. 제발, 하마야.

하마는 나타나지 않았다. 오전 내내 고시원의 모든 곳을 샅샅이 뒤졌다. 이마에 땀이 맺혔고 다리에 힘이 빠졌다. 나는 마당에 주저앉았다. 배가 고팠고, 머리가 아팠고, 속이 상했고, 현기증이 났고, 잠이 쏟아졌다. 뭐부터 해야 할지 고민을 하다가 반대로 뭐든 하고 싶지 않다는 지독한 무기력증이 온몸에 퍼졌다. 그때 주방에서 아주머니가 나왔다. 아주머니는 나를 향해 손을 흔들며 말했다. 학생! 나는 힘없이 아주머니 쪽으로 고개를 돌렸다. 식사하세요! 나는 고개를 천천히 끄덕거리며 주방으로 들어갔다. 어쨌든 배는 꼬박꼬박 고팠다. 일차적인 식욕이 이런 상황에서도 이토록 강하다는 것이 도무지 이해가 되지 않았다. 하지만 탁자에 놓여 있는 윤기 나는 흰밥과 반찬들을 보면서 입안에 침이 고였다. 나는 거의 울 것 같은 심정으로 말없이 밥을 먹었다. 아주머니는 연민에 가득 찬 눈으로 나를 바라보고 있었다. 자존심 상하고 기분이 나쁘다기보다 왠지 무력하기만 했다. 그때 고시원 주인이 주방에 들어왔다. 왼손으로 감자와 파가 들어 있는 비닐 봉지를 들고 있었고 오른손으로는 깨지기 쉬운 유리잔을 쥐고 있는 것처럼 뭔가를 살짝 감싸고 있었다. 까맣고 날렵한 검정 줄무늬에 부드럽고 따뜻한 갈색 털. 하마! 나는 숟가락을 탁자에 탁! 소리 나게 내려놓고 하마에게 달려갔다. 주인은 갑자기 달려든 나에게 위협을 느꼈는지 몸을 움츠리며 하마를 쥐고 있던 손을 뒤로 뺐다. 나는 주인이 하마를 바로 건네주지 않은 것에 엄청난 분노를 느꼈으나 침착하게 말했다. 저기, 그 다람쥐 제 겁니다. 제가 키우는 애완동물이에요. 돌려주세요. 주인은 멍한 표정으로 말했다. 이 다람쥐가 학생 거라고? 주인은 쉽게 수긍할 수 없다는 표정으로 망설이며 서 있었다. 게다가 어영부영 반말을 하고 있다. 총무실에 앉아 있는데 얘가 들어왔어. 사람을 무서워하지 않는 것 같아서 과자를 좀 줬더니 온종일 방에서 나가지 않고 이렇게 손 위에도 올라오네. 주인은 손 위에서 한가롭게 놀며 과자를 갉아먹고 있는 하마를 보여주며 뭔가 뿌듯한 표정을 지어 보였다. 나는 그 표정이 너무도 보기 싫어 얼굴을 한 대 치고 싶었지만 내가 바로 앞에 서 있는데도 이쪽으로 냉큼 뛰어오지 않는 하마가 야속하다는 생각도 했다. 그때 외국인들이 주방에 들어왔다. 그들은 나를 보고 손을 번쩍 들어 활짝 웃더니 주인의 오른손을 쳐다보고는 아! 소리를 질렀다. 그들은 막 태어난 아기를 쳐다보는 표정을 지었다. 여전히 그 이상한 쪼, 쪼, 쪼, 소리를 내며 하마의 환심을 사기 위해 노력했다. 하마는 코를 몇 번 킁킁대며 그들을 쳐다보더니 그들의 빈손을 확인하고 그들에게 관심을 보이지 않았다. 나는 더 이상 낯선 사람들이 하마를 쳐다보는 것을 지켜보고 있을 수 없었다. 그건 마치 내 아이의 순결하고 부드러운 뺨을 불결하고 거친 손을 가진 사내들이 거침없이 쓰다듬고 주물럭거리는 것을 보는 것과 비슷한 마음이었다. 나는 주인의 손에서 억지로 하마를 빼앗아 주방에서 나갔다.

너, 도대체 왜 그런 거야? 하마는 마치 아무 일도 없었다는 듯 내 손가락을 핥고 옷 속으로 기어들어온다. 그렇게 서운하고 고생하고 짜증이 났으면서도 힘없이 무너져내리는 마음에 나 자신도 어이가 없어서 웃고 말았다. 하마가 정말 나를 알아보기는 하는 걸까? 누구든지 먹이를 주고 예뻐해주기만 하면 좋아하는 걸까? 그렇다면 죽기 전에 이토록 하마에게 집착하는 나의 마음이 정작 하마에게는 아무 의미도 없는 것 아닐까? 어쩌면 하마에게는 야생보다는 계속 먹이를 주고 사랑해줄 나 아닌 다른 사람이 필요한 것일 수도 있다. 갑자기 마음이 형편없이 초라해지고 남루해지는 것을 느꼈다. 아, 어떻게 해야 하는 걸까. 나는 얼굴을 손으로 감싸고 책상에 엎드렸다. 그때 누군가 방문을 두드렸다. 고시원에서 노크란 있을 수 없는 무례다. 짜증이 나면서 동시에 두려운 마음이 들었다. 나는 문을 살짝 열어 밖을 확인했다. 외국인들이었다. 그들은 활짝 웃으며 내게 뭔가를 내밀었다. 한 명은 땅콩을 들고 있었고 다른 한 명은 기름에 튀긴 과자를 들고 있었다. 다람쥐. 다람쥐. 그들은 어색한 억양으로 말하며 고개를 움직이며 내 방을 엿보려고 했다. 나는 더 이상 그들과 대면하고 싶지 않아 짧게 고맙습니다, 라고 답하며 그들의 손에서 땅콩과 과자를 받아들고 문을 닫았다. 하마가 총총 뛰어오르며 좋아했다. 내 손에 들려 있는 것이 자신에게 들어온 선물이라는 것을 확신하는 눈치였다. 나는 바닥에 그것을 신경질적으로 던졌다. 하마는 나의 마음과는 상관없이 그것들을 입에 집어넣기 시작했다. 나는 바닥에 주저앉아 하마가 행복하게 먹이를 먹는 모습을 지켜봤다. 깊은 곳을 누르고 있던 커다란 얼음이 녹아내리는 것처럼 마음이 서늘하고 텅 비는 것 같았다. 또 누군가 방문을 두드렸다. 아주머니였다. 기쁜 표정을 감추지 못하는 아주머니의 손에는 하마가 도저히 먹을 수 없을 것 같은 커다란 호두가 들려 있었다. 다람쥐가 이런 것도 먹을 수 있을까? 껍질을 까고 갖고 오셨어야지요, 라고 속으로 대답하며 나는 애써 웃었다. 문을 닫기 전에 아주머니가 말했다. 아기는 다람쥐인 것 같던데 잘됐어요, 찾게

돼서. 오늘은 다리 쭉 뻗고 편히 자요.

나는 의자에 앉아 아주머니가 남기고 간 커다란 두 알의 호두를 손에 쥐고 돌리고 있다. 껍질이 긁히는 소리가 내리는 비처럼 일정하게 방에 쌓인다. 하마는 그 소리가 듣기 좋은지 한참 동안 호기심 어린 눈으로 내 손에서 돌아가는 호두알을 쳐다보고 있다. 나는 하마에게 한 알을 던져주고 나머지 한 알을 책상 위에 올려두고 자리에 누웠다. 지독하게 피곤하다. 하마를 찾는 것 외에는 특별한 일도 안 했던 며칠이었지만 너무 많은 생각을 했다. 하지만 생각은 단 하나도 행동으로 옮기지 못했다. 생각과 행동 사이를 오가며 증발된 생각들에 소모된 에너지가 컸을까. 눈이 감긴다. 이대로 그냥 통증 없이 물속으로 가라앉는 것처럼 죽는 것도 참 멋질 텐데. 호두알이 바닥에 구르는 소리가 들린다.

***

주머니에 하마를 넣고 주방으로 간다. 하마를 보고 싶어 하는 사람들이 자꾸 기웃대는 것도 귀찮았고 방에 혼자 두었다가 또 어딘가로 도망을 갈 것 같은 불안한 마음이 들었기 때문이다. 주방에는 여전히 그들이 있었다. 그들은 주방에서 공동서식을 하는 이재민처럼 항상 모여 있다. 이제는 기회를 봐서 물어봐야겠다.

도대체 무엇을 하는 사람들이고 왜 항상 이러고 있는지에 대해서. 그러면 그들은 내게 되묻겠지. 당신은 뭐 하는 사람이고 왜 이곳에 있냐고. 그러면 나는 뭐라고 대답해야 할까? 주방문을 닫고 바닥에 하마를 내려놓았다. 그들은 하마를 발견하고 아이들처럼 좋아했다. 하마도 물 만난 고기처럼 주방을 뛰어다녔다. 외국인들은 여전히 쪼, 쪼, 쪼 소리를 내며 하마를 쫓아다녔고 아주머니는 먹고 있던 삶은 계란의 노른자 부분을 조금 으깨 하마에게 주었다. 109호 남자는 저만치 떨어져 앉아 하마의 동선을 불안한 눈으로 쫓고 있었다. 외국인들이 갑자기 내 앞에 앉아 카드를 흔들었다. 당황한 나는 어, 소리를 내며 고개를 끄덕였다. 그들 중 한 명이 크게 환호하며 놀랍도록 빠르게 패를 섞은 후 내 앞에 세 장의 카드를 놓았다. 다른 한 명이 내 눈을 쳐다보며 말했다. 포커! 포커! 오케이? 나는 오른손을 살짝 들어 보이며 알겠다는 표시를 했다. 내가 지금 여기서 도대체 무슨 짓을 하고 있는 걸까. 복잡한 생각이 뒤섞였지만 모두 가라앉고 한 가지 생각만 들었다. 다 망했다. 모든 일을 망쳐버렸다. 어쩔 수 없다. 실행을 조금 뒤로 미루자. 그래, 아주 조금 뒤로 밀려나는 것뿐이다. 어차피 고시원에서 한 달을 지낼 수 있는 요금을 지불했다. 시한부가 된 내 인생을 굳이 앞당겨 끝낼 필요는 없을 것 같았다. 연탄도 구해야 하고 하마도 지금 저들 손에서 놀고 있으니. 나는 뒤집혀 있는 카드를 조심스럽게 넘겨 패를 확인했다. A트리플! 이렇게 패가 좋을 수가 있다니. 나는 얼굴을 최대한 무표정하게 유지하며 클로버A를 오픈해 바닥에 내려놓았다. 외국인들이 들고 있는 패가 지금 내가 들고 있는 이 패보다 좋을 수는 없을 것이다. 나는 조금 흥분이 됐다. 그때 109호 남자가 큰 소리로 나를 불렀다. 어이, 학생 이 다람쥐 이름이 뭐야? 하마는 남자가 있는 탁자 위에 올라가 재롱을 부리고 있었다. 남자는 좋은지 싫은지 분간하기가 어려운 모호한 표정으로 하마를 내려다보고 있었다. 나는 대답했다. 하마예요. 뭐? 하마? 무슨 다람쥐 이름이 하마야. 왜 이름을 그렇게 지었어? 제가 하마를 좋아해요. 진짜 하마는 키울 수 없으니까 이름이라도 그렇게 지었어요. 하마가 남자의 어깨에 올라타 옷 속으로 기어들어가려고 하고 있었다. 무표정했던 남자의 얼굴 근육이 이상하게 움직였다. 나는 긴장했다. 혹시 저 남자가 하마에게 나쁜 짓을 하지는 않을까? 남자는 간지러워 죽을 것 같다는 표정으로 아, 아, 소리를 내며 활짝 웃었다.

정용준 1981년 광주에서 태어났다. 2009년 《현대문학》에 단편 「굿나잇, 오블로」가 당선돼 등단했으며 제2회 문학동네 젊은작가상을 수상했다. 현재 텍스트 실험집단 '루'에서 활동 중이다.

자살 관광 특구

박 화 영

30……

십 대 혹은 이십 대와 달리, 서른이나 삼십 대는 좀 더 시간의 단절이 느껴진다. 단층, 주상절리, 혹은 모퉁이라 부를 수 있는 시간대. 거기에는 모두 단절과 시작과 끝이 담겨 있고, 죽음의 이미지도 도사리는 듯하다.

다음 시간으로 뛰어넘어야 할 순간에 사라져버린 사람들의 이야기를 그리고 싶었다. 그리고 그 사람의 그림자를 뒤쫓는 사람도. 우리의 지나온 길을 밝히는 가장 밝은 등불은 누군가의 죽음, 혹은 언젠가는 닥쳐올 자신의 죽음이니까. 그것이 실재적인 죽음이든, 상징적인 죽음이든 간에.

언제나 해풍에 안개가 밀려오는 마을. 유령의 고향이라 불리는 이 섬나라에서도 가장 많은 유령이 출몰하는 이곳의 최대 자랑거리는 바로 호수였다. 빙하기 시절 묵묵히 밀고 내려온 거대한 얼음덩어리들이 녹으면서 만들어낸 호수는 피부에 눌어붙은 화상 자국처럼 바닥이 울퉁불퉁했다. 그 요철 같은 밑바닥에 무엇이 끼어 있을지는 아무도 몰랐다. 호수는 투명도가 낮아 늪처럼 깊이를 알 수 없었고, 그에 걸맞게 갖가지 전설과 괴담을 품고 있었다. 호수는 전 세계에서 가장 많은 익사체가 떠오르는 곳이기도 했다. 이 마을에서 해안도로를 따라 3킬로미터쯤 떨어진 절벽도 비슷한 이유로 세간에 알려져 있었다. 절벽 아래로는 북해 특유의 차갑고 푸른 바다가 수평선 너머까지 펼쳐졌다. 해안

절벽으로 들어서는 입구에는 화목하게 웃는 가족사진과 함께 '삶은 아름답다'라는 문구가 적힌 녹슨 경고판 하나만이 외롭게 서 있었다. 이 해안 절벽에서는 한 해에 육십 명가량의 사람이 떠올랐다. 물론 바다 밑바닥에 영원히 잠겼거나 북극이나 반대편 북미 대륙, 이름 모를 해안에 불쑥 떠오른 사람의 수는 뺀 숫자였다. 가끔씩 두서너 구의 변사체가 동시에 옹기종기 떠오르기도 했다.

이 두 가지 '명소'로 유명한 마을을 내가 찾은 것은 2월 무렵으로 마을 최대 행사인 봄 축제를 한 달 남짓 앞둔 시점이었다. 그래서인지 마을은 조용했지만 건물의 창가며 거리, 버스 정류장 같은 곳에는 요란한 치장이 돼 있었다. 슬슬 축제 포스터가 나붙을 즈음이었다. 하지만 여전히 거리 곳곳에는 개미탑처럼 눈이 쌓여 있었다. 한숨을 내쉬면 하얀 입김이 피어오를 정도로 추웠기 때문에 나는 오리털 파카의 지퍼를 올리고 장갑을 꼈다. 공항에서 쉬지 않고 자동차로 여덟 시간을 주파해 이곳에 도착한 터라 무척이나 피곤했다. 내 몸은 방금 무덤을 파헤치고 걸어 나온 시체처럼 거리의 풍경에 동화되지 못하고 따로 놀았다. 내 앞으로 보이는 풍경과 나 사이에 얇은 간유리가 끼워져 있는 것 같았다. 나는 그녀가 보낸 엽서와 마을 시청에서 얻은 관광가이드를 손에 든 채로 어기적어기적 마을 여기저기를 돌아다녔다.

그녀가 엽서에 적은 '스틱스'라는 펍은 마을 중앙에 서 있는 커다란 전나무에서 두 블록 정도 떨어진 길가에 있었다. 백 년이 넘는 수령을 자랑하는 전나무를 찾는 것은 어렵지 않았다. 마을이 꽤 잘 정돈되어 있었던 데다가 이 나무는 마을의 상징이면서 동시에 악명 높은 관광 자원이었기에 찾아가는 길 표시가 여기저기 친절하게 붙어 있었다. 관광가이드 책자에도 나무에 대한 설명이 자세히 적혀 있었다. 1883년에 심긴 이 나무에는 생선 가시처럼 빗금이 새겨져 있었다. 이 빗금은 교수형 받은 죄수를 나무에 매달 때마다 그은 것인데 그 수가 366개였다. 5개씩 한 묶음으로 총 73개의 묶음에 빗금 하나가 더 그어져 있었다. 맨 끝의 빗금은 '스윈들'이라고 불렸다. '스윈들'은 이 나무에 매달린 마지막 사람으로 그 이후 교수형을 당한 사람은 한 명도 없었고, 교수형 자체도 폐지됐다. 결국 그는 다른 빗금과 같이 묶이지 못한 채 영원히 홀로 남겨졌다. 대신 스윈들에는 언제나 사람의 손길이 닿았다. 스윈들을 쓰다듬으면 죄를 짓지 않고 평생 행복하게 살 수 있다는 믿음 때문이다. 하지만 지금은 만질 수 없다고 가이드 책자는 친절하게 설명을 보탰다. 술 취한 관광객 하나가 1984년 봄 축제 때 스윈들 나무의 빗금 옆에다 자기 이름을 새겨 넣으려다 발각됐기 때문이다. 그 후로 나무 둘레에는 커다란 유리벽이 세워지고 경보 장치까지 설치됐다.

366이라는 숫자는 어쩐지 의미심장하게 느껴졌다. 일 년

365일 중 하루를 더한 숫자처럼 보이기 때문이다. 이 마을에는 남몰래 살짝 덤으로 추가된 하루가 존재할 것만 같았다. 혹시 그녀는 그 덤과 같은 하루 속에 숨어 있는 건 아닐까. 나는 헛된 망상이란 것을 알면서도 그러한 상상을 멈출 수 없었다. "힘들고, 지겹지 않은 날이 없다는 게 더 힘들고 지겨워." 그녀는 자주 그렇게 푸념했다. 만약 가능했다면 그녀는 366일째 날에 숨어들고 싶었을 것이다. 어쩌면 정말로 그녀는 그날로 숨어들었는지도 모른다.

가이드 책자를 따라 스윈들 나무를 찾아가는 내내 나는 길거리에서 무수히 많은 종교인들을 만날 수 있었다. 털모자를 쓰고 장삼을 걸친 채 목탁을 치는 스님, 유대교의 랍비, 행인들에게 끊임없이 눈인사를 건네는 몰몬교도, 소를 끌고 가는 힌두교도(역시나 힌두교도답게 자신은 맨발이면서도 추울까 봐 소에는 두꺼운 털옷을 입혀놓았다), 양탄자 위에서 절을 하고 있는 이슬람교도도 있었다. 심지어 모형 십자가를 어깨에 걸친 채 우리말로 회개하라고 소리치고 다니는 한국인도 만났다.

종교 백화점 같은 이 거리에는 그에 걸맞게 종교 물품들을 파는 각종 가게들도 문전성시를 이루었다. 성경과 성화, 마리아상을 파는 가게 옆으로 목탁과 향, 염주를 파는 가게가 사이좋게 서 있었다. 아프리카 토속 종교를 떠올리게 만드는 기괴한 목각인형을 팔거나 부두교에서 쓸 법한 괴기스런 나무칼에다 붉은 글씨로 휘갈겨 쓴 부적을 파는 곳도 있었다. 그러한 가게들 사이사이로 종교서적과 영상서적이 진열된 서점이 눈에 뜨였다. 적어도 이곳 만큼은 다양한 종교가 평화롭게 공존하는 듯했다. 인간이 만들어 낸 거의 모든 신들이 활보하는 이 묘한 거리를 십 분쯤 계속 걸어 간 끝에 나는 드디어 스윈들 나무를 볼 수 있었다. 나무를 둘러싼 유리벽은 생각보다 꽤 높아서 적어도 3미터는 돼 보였다. 한 무리의 성가대원이 유리벽을 등진 채 찬송가를 부르고 있었다. 관광객들은 성가대 주위를 기웃거리며 나무의 빗금을 찾았다. 여러 사람들이 거대한 아름드리나무에 몰려드는 새들처럼 분주히 움직였지만 사진을 찍는 사람은 한 명도 없었다. 이곳에서는 사진 촬영이 불법이었다. 만약 사진기를 가지고 다니다 적발되면 어마어마한 벌금을 내고 바로 마을에서 쫓겨났다. 게다가 그 사람은 더 이상 마을을 방문할 수도 없었다. 어쩌면 그것은 당연한 규칙이었다. 이곳에서 마지막 아침을 보내려는 사람을 누군가가 사진으로 남긴다는 것은 큰 실례일 수도 있으니까. '이 세상에서 마지막 아침을'은 이 마을의 관광 표어였다.

펍 스틱스는 사람들로 붐볐다. 여기저기서 시끄럽게 떠드는 사람들의 목소리 때문에 마치 벌통 안에 들어온 듯했다. 테이블마다 위스키를 건배하거나 수다를 떠는 사람들로 만원이었다. 한 무리의 청년들이 병맥주를 마시며 다트 놀이를 즐기고 있었다. 이곳이 음침하고 우울할 것이란 나의 예상은 보기 좋게 빗나간 셈이었다. 저승을 일곱 바퀴 돌아 흐른다는 스틱스 강의 분위기는 어디에서도 느낄 수 없었다. 바텐더 뒤로 강가에 배를 대고 사자를 기다리는 해골 부조만이 유일하게 이곳의 이름과 어울렸다.

바 테이블의 높은 의자에 앉은 나는 맥주 한 병을 주문했다. 바텐더는 컵을 닦으며 한동안 나를 힐끔거렸다. 내가 어떤 목적으로 이곳에 왔는지를 살펴보는 듯했다. 그리고 마침내 내가 '마지막 관광객'이 아니라고 판단했는지 심드렁한 표정으로 다른 손님을 상대하기 시작했다. 내가 마지막 관광객처럼 보이면 더 좋았을 테지만, '수색자'로 보여도 상관없었다. 내 모습이 어떤 식으로 비쳐지든 그녀가 남긴 단서와 접촉할 수만 있다면 그만이다. 하지만 이상하리만치 내게 접근하는 사람이 없었다. 맥주를 세 병째 비우고 오늘은 글렀나 싶어 포기할 즈음에야 한 여자가 내게 다가와 말을 걸었다. 여자는 놀랍게도 한국말로 "안녕"이라고 말하며 옆자리에 앉았다.

여자는 삼십 대 중반쯤 돼 보였고 선천성 알비노인지 새하얀 피부가 인상적이었다. 어두운 저승세계에서도 자신의 몸을 등불 삼아 걸어 다닐 수 있지 않을까 싶을 정도였다. 내가 한국말

206

을 할 줄 아느냐고 묻자 여자는 미간을 찡그리며 특유의 외국인 억양으로 "쪼금, 아주 쪼금"이라고 답했다. 그러고는 이제 골치 아픈 요식 행사는 다 끝났다는 듯이 활기차게 영어를 쓰기 시작했다. "당신은 마지막 관광객처럼은 안 보이네요. '성경책'도 아닌 것 같고. 그럼 수색자인가……." 이곳으로 오기 전에 내가 조사한 내용 중에서 성경책 이야기는 없었다. "성경책?" 여자는 내 반문이 유쾌한 듯 웃어 보였다. "거리에서 못 봤어요? 성경책들 돌아다니는 거." 그제야 나는 '성경책'이 이곳을 찾는 종교인들을 지칭하는 말이라는 것을 깨달았다. "맞습니다. 누굴 찾으러 왔어요." 나는 솔직히 수색자임을 털어놓은 뒤 여자의 반응을 살폈다. 여자는 손가락을 탁 하고 한 번 튕기더니 내 앞에 놓인 맥주를 들어 한 모금 마셨다. "정확히 찾아온 건 아니지만, 비슷하게는 찾아왔네요. 난 '금고'예요. 당신에게 전해줄 게 있는지도 모르겠네요. 이름이 뭐죠?" 내 이름을 밝히자 여자는 한동안 고객 리스트를 검색하듯이 손을 관자놀이에 대고 가볍게 두드렸다. 그러더니 다시 한 번 손가락을 튕겼다. "오케이, 찾았어요. 확인차 당신이 찾는 사람 이름과 나이를 말해줄래요?" 여자는 내가 찾는 '안내자'가 아니었다. 하지만 그녀가 내게 남긴 물건을 가지고 있을지도 모르는 상황에서 여자를 놓칠 수는 없었다. 나는 그녀의 이름과 나이를 말해주었다. 여자는 그녀의 이름을 듣자마자 기다렸다는 듯이 활짝 웃었다. "정말 착하고 예쁜 동양인이었죠." 그러더니 미간을 찡그리고 입술을 조금 내민 채 양 볼을 부풀려 보였다. 그것은 내가 약속에 늦을 때면 그녀가 보여주던 항의 표시였다.

여자는 표정을 풀고는 환하게 웃으며 말했다. "아주 잠깐이긴 했지만 그녀와는 친자매처럼 지냈어요. 어쨌든 당신에게 전해줄 물건이 있는 것 같군요." 잠깐 동안 만났다는 여자의 말에는 불길함이 담겨 있었다. 여자에게 그녀가 남긴 것이 무엇인지를 물었다. 여자는 대답 대신 조용히 하라는 뜻으로 검지를 세워 자신의 입에 갖다 댔다. "나중에. 그녀의 금고에는 타이머가 있어요. 좀 더 시간이 지나야 열리니까 기다려요. 때가 되면 내가 당신에게 건네줄 거예요." 여자는 거기까지 말하고 나서는 예의 어눌한 한국말로 "안녕"이라고 말한 뒤 활기차게 일어섰다. 나는 다급하게 잡아보려 했지만 여자는 그대로 가게에서 나가버렸다. 망연자실해진 나는 여자를 뒤쫓아 갈까 망설이다 다시 자리에 앉았다. 어차피 그녀를 찾으려면 오랜 시간이 걸릴 터였다. 게다가 나는 조급해할 이유가 전혀 없었다. 경우에 따라선 다시 돌아가지 않을 작정이었다.

"진짜 나는 어디에도 없는 것 같아. 혹시 알아? 내가 누군가의 모조품일지." 그녀는 자신이 누군가의 모조품일지도 모른단 사실을 알기 위해 지금까지 살아온 것 같다고 말했다. 누군가가 자신을 대신해서 그녀에게 이런저런 고통을 겪어보게 만드는 것 같다고. 그러지 않고서야 쉬지 않고 다가오는 크고 작은 불행을 설명할 길이 없다는 것이다. "나를 만든 진짜 나를 보고 싶어." 그녀 앞에는 태어났을 때부터 꾸준히 받았다면 아마도 서른 번째가 됐을 생일 케이크가 놓여 있었다. 늘 생일이면 우울해하던 그녀였지만 그날은 특별히 더 가라앉아 있는 듯 보였다. 그때 그녀의 말에 뭐라고 대꾸했는지 잘 기억이 나질 않는다. 이제 막 삼십대로 접어들어 여러모로 생각이 많은 모양이라고 대수롭지 않게 넘긴 것 같다. 며칠 뒤, 그녀는 난소 하나를 잘라내는 수술을 받고 나서 이곳으로 훌쩍 떠났다. 나는 그녀가 떠나고 한 달이나 지나서야 이곳으로 올 수 있었다. 한 곳에서의 삶을 정리하는데 한 달이란 시간이 길게 걸린 것인지, 아니면 최대한 서두른 것인지는 알 수 없지만 그녀를 뒤쫓기에 시간이 너무 흘러버렸다는 점만은 분명했다. 시간이 흐른 만큼 그녀의 행방을 뒤쫓기 위해서 장기전을 준비할 필요가 있었다.

나는 스틱스에서 숙식을 해결했다. 이 마을에서 가장 유명한 펍인 스틱스의 주인은 내게 흔쾌히 방을 빌려주었다. 나중에 알게 된 사실이지만 이 마을의 펍들은 부업으로 수색자들에게 종종 방을 대여해주곤 했다. 물론 주업은 주류 판매, 마지막 관광객과 안내자 간의 중간 고리 역할 등이었다. 펍은 하나같이 양쪽 모두에게 만남의 장소를 제공했을 뿐만 아니라 물건을 보관하는 은행이었으며, 적극적으로 안내자를 소개해주는 직업소개소이기도 했다. 스틱스 주인은 이러한 펍의 비밀스런 역할을 내게 들려주며 말했다. "테이블 위에선 위스키를, 테이블 아래로는 관을 파는 게 우리 일이지."

나는 눈뜬 뒤에도 한동안 침대에 누워 천장만 올려다보았다. 내가 깬 곳은 스틱스 2층 객실이었다. 어디서부터 어떻게 시작해야 할지 전혀 감이 오지 않았다. 그렇다고 이대로 쌓여서 녹아가는 눈처럼 마냥 퍼질러 있을 수도 없었다. 일어나서 팔굽혀 펴기를 열 번 정도 한 다음 1층으로 내려가 늦은 아침식사를 대충 때웠다. 그러고 나서 바로 거리로 나갔다. 일단은 마을 여기저기를 돌아다니며 그녀에 대해 수소문할 작정이었다. 사실 그녀와 같은 사람들이 워낙 많이 찾아드는 마을이라 중요한 정보를 얻으리란 기대는 처음부터 하기 힘들었다. 하지만 혹시나 하는 마음에 계속 추운 거리를 돌아다녔다. 운이 좋다면 어제 만난 알비노 여자를 다시 만날 수도 있을 터였다. 나는 식료품점이며 카페, 그 밖에 몇 군데 가게를 돌며 그녀의 사진을 내보였지만 모두들 고개를 저을 뿐이었다. 마지막으로 들른 기념품 가게에서 나는 10달러를 주고 스윈들 나무 모형을 샀다. 전 세계의 거의 모든 인종과 종교가 모여드는 마을인 만큼 달러는 어디에서나 자유롭게 통용되었다.

가게를 나서서 몇 블록을 걸어가는 동안 눈발이 날리기 시작했다. 나는 조금씩 아귀가 맞지 않은 보도블록의 수를 세며 방향을 상실한 배처럼 정처 없이 걸었다. 누군가가 내 어깨 위에 손을 얹었다. 어젯밤 펍에서 만난 알비노 여자였다. "스윈들 나무네요?" 여자는 내 손에 들린 나무 모형을 바라보며 알은체를 했다. 여자는 과연 그녀를 만나기나 한 것일까. 어쩌면 단순한 호객 행위를 하는 건지도 몰랐다. "정말 그녀를 만났습니까?" 내가 듣기에도 딱딱하고 퉁명스러운 말투였다. "그럼요. 그런데 그녀는 당신의 걸프렌드? 아니면 와이프?" 갑자기 말문이 막혔다. 우리는 결혼하지 않았다. 애인 사이라고 부르기는 힘들었고 그렇다고 그냥 친구 사이라고 말하기에도 애매했다. 내게 그녀는 그저 '그녀'였다. 우리는 서로에게 친구라든가 애인이라든가 부부라든가 하다못해 남남이라는 위치조차도 딱히 정해주지 않았다. 그럴 필요가 없었던 것이다. 나는 그녀에게서 받은 마지막 엽서를 여자에게 보여주었다. 여자는 뚫어져라 엽서를 쳐다보다가 인상을 찌푸리며 다시 내게 돌려주었다. 그제야 나는 여자가 한글을 읽을 줄 모른다는 사실을 깨달았다. 그녀라면 이쯤에서 다시 미간을 찌푸리며 볼을 부풀렸을 것이다. 여자는 갑자기 나에게 팔짱을 끼더니 앞장서서 걷기 시작했다. "그녀를 찾으려면 먼저 이 마을을 잘 알아야겠죠?"

언젠가 그녀는 이곳의 해안절벽에 서서 불어오는 차가운 해풍을 받으며 자신을 풍장시키면 좋겠다고 했다. 그러고 나면 진짜 자신을 대면할 수 있을 것 같다고. 그녀가 그런 말을 할 때마다 나는 늘 불만이었고, 불안했다. 그녀가 흔들릴 때마다 언제나 그녀와 마주 보고 있던 나 역시도 정체를 알 수 없는 그 무엇이 될 것만 같았다. 그녀를 통해 나를 보던 나와 달리, 그녀는 늘 죽음을 통해 자신을 보려 했다. 그녀는 죽음 앞에서는 누구나 절실해지고 솔직해질 게 분명하다고 말하곤 했다. 바다에서 끌려나온 물고기가 갑판 위에서 온몸으로 펄떡이며 자신의 아가미를 절실히 자각하듯이. 그녀에겐 이곳이 배의 갑판이었다.

알비노 여자와 나는 'coffee&coffin'이란 카페에서 자주 만났다. '커피 그리고 관'이라니 짓궂은 상호였다. 가게는 정말 관처럼 어두컴컴하고 약간은 오싹한 느낌을 주었다. 그래서 나는 이곳에서 알비노 여자를 만날 때면 언제나 창가에 자리를 잡았다. 그나마 바깥 풍경이 내다보여 적잖이 마음이 놓였기 때문이다. 이 카페에서 만난 첫날, 여자는 담배를 피워 물며 말했다. "이 가게에서는 협상이 많이 이뤄져요. 느낌이 좀 묘하죠?" 나는 여자의 말에 고개를 끄덕여 보인 뒤, 창밖을 내다보았다. 두툼한 종이봉투를 든 동양인 여자가 걸어가고 있었다. 검은 단발머리에 메마른 체구가 그녀와 무척이나 비슷했다. 나도 모르게 허리를 곧게 펴고 여자의 뒷모습을 유심히 바라보았다. 여자는 골목 모퉁이를 돌아 사라졌다. 나는 모퉁이를 돌 때 잠깐 보인 여자의 옆얼굴을 떠올렸다. 혹시나 해서 곰곰이 뜯어보고 곱씹어 보았지만 역시 그녀가 아니었다. "여봐요. 저기요, 나 좀 봐요." 알비노 여자는 문을 노크하듯이 주먹으로 내 머리를 가볍게 때렸다. 내가 기분 나쁜 표정을 짓자 여자는 미안한지 어깨를 으쓱했다. "일단, 이 마을이 은근한 뒷거래로 유명하다는 건 잘 알죠? 이곳은 모든 절차가 간단하면서도 신속 정확한 편이에요. 원하면 영원히 마지막 흔적을 지울 수도 있죠. 연기가 펑 하고 터지면 상자 안에서 사람이 사라지는 마술처럼 깨끗하게 사라지는 거예요." 여자는 두 주먹을 쥐었다가 손가락을 활짝 펴면서 화약이 터지고 연기가 흩어지는 모양을 흉내 냈다. 마치 보험 상품을 설명하듯이 이 일을 설명하는 여자의 태도가 마음에 들지 않았다. 나를 물끄러미 바라보던 여자는 머리를 슬쩍 긁으며 곤란하다는 표정을 지었다. "역시 당신도 우리 일이 잘 이해되지 않겠죠. 하지만 저 사람들을 봐요." 여자가 가리킨 테이블에는 말끔한 정장 차림의 두 남자가 마주 보며 앉아 있었다. 그들은 이마를 맞대고 소곤거리다가 가끔 고개를 끄덕거렸다. 대머리인 중년 남자가 뭔가를 물으면 그보다 젊은 마른 체구의 남자가 조용히 설명하는 듯했다. "저 사람들 중에서 대머리 아저씨는 마지막 관광객이에요. 마른 체구에 얼굴이 길쭉한 저 사람은 안내자죠. 근데 자기네들끼리는 서로를 '길동무'라고 불러요. 뭐, 정확히는 끝까지 같이 가주는 건 아니니까 틀린 말이지만……. 어쨌든, 두 사람 모두 끈끈해 보이죠?" 나는 여자의 말에 고개를 끄덕였다. 두 사람은 분명 자신들만의 세계에 빠져 타인의 접근을 허락하지 않고 있었다. 두 사람이 서로 나누는 손짓 하나, 눈빛 하나에도 그런 완강한 거부가 드러났다.

"그리고 저쪽을 봐요. 줄무늬 넥타이를 맨 사람이 보이죠? 저 사람은 변호사예요. 그 사람 앞에 앉아 있는 할머니는 폐암을 몇 년째 앓고 있어요. 항암 치료를 견디다 못해 결국 몰래 이 마을로 온 거죠. 저 두 사람은 지금 유언장을 작성하는 중이에요." 조용히 자신의 과거를 회상하는 것처럼 눈을 감은 채 중얼거리는 할머니의 말을 남자는 열심히 받아 적고 있었다. 할머니가 손으로 입을 가린 채 심하게 기침을 하자 변호사는 얼른 손수건을 꺼내 건네주었다. 그런 다음 웨이터에게 물을 부탁했다. 얼마 뒤 유언장 작성이 끝났는지 변호사는 할머니를 부축해서 일어났다. 나는 두 사람이 밖으로 나가는 뒷모습을 물끄러미 바라보았다. 이들만의 묘한 유대감을 알 수 있을 것 같았다. 변호사나 안내자들은 모두 마지막 관광객의 가족이나 친척, 친구나 애인 대신 선택받은 사람들이었다. 그렇게 생각하니 쓸쓸했다. 그녀가 마지막 순간에 선택한 사람도 내가 아니라 이들 중 누군가였기 때문이다. 하지만 편의와 필요에 의해 금전적으로 맺어진 유대관계가 과연 얼마나 갈지 의문이었다. 지불이 끝나는 순간 그 관계도 끝이 나지 않을까. 어쨌든 이곳의 사람들은 이 일을 업으로 삼고 있는 것이다.

"이곳에서는 전 세계의 거의 모든 종교도 볼 수 있어요. 그들에게 이 마을은 복음을 전파하고 개종시켜야 할 도전의 땅이니까요. 만약 자기들 종교가 이곳에 뿌리를 내린다면 그만큼 큰 선전 효과도 없겠죠. 그래서 이상한 사이비 교주들까지 판쳐요. 게다가 이 마을에는 장의사, 응급요원, 의사, 카운슬러, 철학자, 작가, 화가, 음악가에다가 장기 거래업자, 창녀, 도박꾼, 소매치기까지 몰려들어요. 모두 국적도 다양하죠." 나는 여자의 말을 믿을 수가 없었다. 죽음을 둘러싸고 이렇게나 많은 직업군들이 모여들다니. 누군가의 죽음이 이처럼 커다란 사업이 되리란 생각은 한 번도 해본 적이 없었다. 하지만 확실히 이 마을은 번창하는 중이었다. "작가나 화가는 왜 모이는 겁니까?" 여자는 두 번째 담배를 피워 물며 말을 이었다. "남기고 싶은 게 있는 사람들도 있으니까. 뭐 한 예로, 이곳에서 일 년 넘게 살면서 자서전을 대필시키다가 완성된 다음 날 떠난 사람도 있어요. 게다가 몇몇 예술가들에게 이곳은 영감의 원천이기도 하고. 그건 철학자들에게도 마찬가지예요. 실상 자살하려는 사람들에게 큰 영향을 주지 못한다는 게 좀 안쓰럽긴 하지만. 이곳까지 온 이상 이미 마음의 준비를 끝마친 사람들이 거의 대부분이거든요. 확고한 자기 신념이 있는 거죠. 물론 도박꾼이나 소매치기, 장기 거래업자들은 좀 질이 나빠요. 그래서 마을에서도 그들을 쫓아내려고 애쓰고 있어요. 하지만 쫓아낸 수만큼 또 몰래 들어와서 어느새 자리를 잡죠. 잡초와 같아요. 뽑아도, 뽑아도 끝이 없으니까. 창녀는 좀 예외예요. 마지막으로 그걸 하고 싶어 하는 사람들이 의외로 많거든요."

알비노 여자의 눈빛이 번들거렸다. 그 순간 여자는 한 마리의 하이에나처럼 보였다. 이들은 모두 시체 주위로 몰려드는 청소부들인 것이다. 하지만 그다지 화가 난다거나 거부감이 일거나 하지는 않았다. 나는 하루 종일 길거리를 헤맨 탓인지 갈비뼈 일부를 드러낸 채 누워 있는 얼룩말처럼 피곤하고 무기력했다. 카페 여기저기에 앉아 있는 사람들 모두 내 숨통이 끊어지길 느긋한 마음으로 기다리는 것처럼 보였다. 그에 비해 나는 꼬리를 흔들어 몰려드는 파리 떼를 쫓을 힘조차 없었다. 그저 자고 싶었다.

숨통을 끊으려면 끊으라지. "당신, 좀 자는 게 좋겠어요. 그리고 여기 계산은 당신이 해야겠죠? 내가 좋은 정보를 줬으니까요." 여자의 말에 나는 고개를 끄덕였다. 세상에 공짜란 없다. 그것은 어디서나 통용되는 원칙이다. 죽고 나서도 돈이 필요하다. 그 돈을 고인이 마련하든, 유족들이 마련하든 간에. 이 세상은 마지막 운임까지 꼬박꼬박 챙겨 받는다.

여자가 말한 사이비 교주 중 한 명을 본 것은 다음 날이었다. 처음 이 마을에 도착했을 때부터 나는 이상한 종교를 신봉하는 사람들을 몇몇 볼 수 있었다. 그날 스윈들 나무 앞에서 공개 강연을 가진 남자도 그중 한 명이었다. 사십 대쯤 돼 보이는 백인 남자였는데 온몸에 흰 천을 두른 모습이 마치 미라 같았다. 그는 두 팔을 벌린 채 하늘을 올려다보며 연신 알아들을 수 없는 말을 읊조렸다. 교주처럼 보이는 남자 주위로 몇몇 사람들이 역시나 똑같은 흰 천을 온몸에 두른 채 선전물을 나눠주며 돌아다녔다. 한 흑인 여자가 내게 다가오더니 선전물을 억지로 쥐여주고서는 다른 행인에게로 다가갔다. 나는 천의 끝자락을 질질 끌며 다니는 그들을 바라보며 조금 긴장할 수밖에 없었다. 잘못해서 발에 천이 밟히기라도 하는 날에는 그대로 넘어질 것만 같았다. 게다가 여러 겹으로 감싸긴 했지만 추운 날씨에 밖에서 버티기엔 무리가 있어 보였다.

흑인 여자가 건네준 선전물에는 심판의 날에 하늘의 어머니가 재림하시어 신성한 몸에 두른 흰 천을 지상에까지 내려주실 것이라고 쓰여 있었다. 구원받기로 예정된 사람들은 모두 그 흰 천을 잡고 승천할 수 있지만 그렇지 못한 사람들은 흰 천을 만질 수도 없으리란 말도 보였다. 나는 선전물을 나눠주는 몇몇 여자들을 바라보며 몸에 두른 흰 천을 풀어 사람들을 구원하는 모습을 상상했다. 심판의 날치고는 무척이나 선정적이었다.

나는 가로등에 기대어 남자가 팔을 내리고 설교하기를 기다렸다. 하지만 남자는 한참 동안 두 팔을 벌린 채 끊임없이 입술만 움직였다. 혹시 입만 제외하고 모든 근육이 얼어버린 게 아닐까 싶은 생각이 들었을 무렵에야 남자는 두 팔을 내리고 정면을 바라보았다. 그래도 한참 행인들을 쏘아볼 뿐 입을 열지 않았다. 이제 그만 가봐야겠다고 생각했을 즈음에야 남자의 설교가 시작되었다. "그날이 곧 도래합니다!" 추종자 서너 명을 제외하고 그의 설교를 경청하는 사람은 한 명도 없었다. 그의 복음이 널리 전파되는 그날은 도래하지 않을 듯싶었다.

"그곳에 가면 모든 것이 준비되어 있대." 그녀는 언제부턴가 이곳에 대한 이야기를 반복해서 내게 들려주었다. 처음에 걱정했던 나는 계속 앵무새처럼 반복되는 그녀의 말에 이제는 심드렁하게 반응하고 있었다. "마치 위락시설 같네." 나의 말에 그녀는 재미있다는 듯이 깔깔 댔다. 그러더니 검지로 나를 가리키며 말했다. "나 같은 사람들에게 환상의 낙원인 건 분명해." 나는 말없이 고개를 끄덕거렸다. 그러니까 그때, 그녀 앞에서 나는 고개를 저었어야만 했다.

나는 한동안 옆구리 한쪽이 드러나 있는 느낌에 계속 시달렸다. 바깥의 추운 날씨에도 불구하고 갈비뼈 사이로 후텁지근한 뜨거운 바람이 들어오고 파리 떼가 꼬이고, 여기저기서 썩는 냄새가 나는 것만 같았다. 다행히 그녀의 뒤를 쫓는 일에는 약간의 성과가 있었다. 나는 마지막 날 그녀가 들른 것으로 보이는 빵집을 찾아냈다. 빵집 주인은 깊은 주름이 인상적인 노파로 마을 사람에게서 그처럼 친절하게 그녀의 이야기를 들은 것은 처음이었다. 노파가 보여준 가게 장부에는 그녀 이름 옆에 우유 한 병, 햄에그 샌드위치 한 개, 오십 개들이 초콜릿 한 상자가 적혀 있었다. 나는 그녀의 엽서를 꺼내 장부의 날짜와 대조해보았다. 두 날짜가 똑같았다. 왜 마지막 순간에 식료품 따위를 샀을까. 죽기 위해 먹는다는 말이 생각났다. 어쩌면 마지막이란 생각에 더 식욕이 생겼을지도 모른다. 아무리 그래도 초콜릿 오십 개는 그녀 혼자 먹기에 너무 양이 많아 보였다.

그녀의 유언장을 작성한 변호사도 운 좋게 만날 수 있었다. 사무실을 찾아내고 몇 번이나 설득하다 마지막에 300달러를 쥐여주고 나서야 나는 그녀가 유언장을 작성했음을 확인할 수 있었다. 하지만 정보는 거기까지였다. 변호사는 유언장의 내용이 무엇인지, 누구에게 발송했는지에 대해서는 끝까지 침묵으로 일관했다. 결정적으로 그녀가 지금 어떤 '상태'인지에 대해서는 전혀 아는 바가 없었다. 그의 역할에서 벗어나는 영역이었기 때문이다. 그의 말을 들으며 나는 역시나 분업이 효율적으로 이뤄진다고 생각했다. 사바나의 대평원에 가젤이 쓰러지면 먼저 사자가 나타나고, 그다음에 하이에나, 아프리카들개, 마지막으로 대머리독수리가 몰려드는 것과 비슷했다. 저마다 자기에게 주어진 몫만큼을 순서대로 베어가는 것이다.

그녀의 소식을 얻는 가장 확실한 방법은 그녀에게 변호사를 소개하고, 장소를 물색하는 한편 여러 가지 방법을 알려줬을 안내자를 찾는 것이었다. 나는 안내자처럼 보이는 몇몇 사람에게 접근해봤지만 다가서기만 해도 그들은 손사래를 치며 멀어졌다. 이미 마을 사람치고 내가 수색자임을 모르는 사람이 없었다. 그즈음 나 역시도 이 기묘한 마을에서 마지막 관광객이나 안내자, 금고 등등의 사람들을 구분할 수 있게 되었다. 만날 때마다 저 사람이 어떤 역할인지를 자세히 이야기해준 알비노 여자 덕분이었다. 그들은 역할에 따라 옷차림이나 행동이 조금씩 달랐기 때문에 구별하기가 쉬웠다. 알비노 여자는 그 밖에도 내게 이것저것을 친절히 알려주었지만 그녀와 연관된 질문에는 언제나 미소로 일관했다.

호수로 향하는 버스가 하루에 두 번씩 마을 광장에서 출발한다는 사실을 알려준 것도 알비노 여자였다. 버스는 아침 아홉 시와 오후 한 시에 출발해서 세 시간 뒤에 다시 마을로 돌아왔다. 사실 버스의 운행 시간이 이렇게 길 필요는 없었다. 호수까지는 느긋하게 달려도 오 분이면 도착할 만한 거리였다. 배차 시간이 이렇게 긴 이유를 나는 버스 정류장이 위치한 광장을 구경하는 동안 알게 되었다.

이곳 광장 역시 유럽의 여느 광장과 비슷했다. 아이들을 이끌고 나온 부모, 광장 주변에 위치한 노점상들, 여기저기를 기웃거리며 비둘기에게 모이를 던지는 관광객들, 급하게 배달을 나가는 빵집 종업원 등등. 여덟 시 반이 조금 넘자 광장의 버스 정류장 주변으로 하나 둘 사람들이 모이기 시작했다. 그것 역시 관광객들이 버스를 기다리며 서 있는 풍경과 별반 다르지 않았다. 두꺼운 겨울 코트로 몸을 감싼 사람들을 보고서야 나는 밖에서 한 시간 넘게 앉아 있었단 사실을 깨달았다. 확실히 뜨거운 커피로 지탱할 수 없을 만큼 점점 온몸이 얼어붙고 있었다. 세 번째 커피를 시켰을 무렵 광장의 왼편에서 한 대의 셔틀 버스가 육중한 몸을 이끌고 다가오는 것이 보였다. 왠지 그 모습이 천천히 들어서는 운구차를 연상시켰다. 나는 추위로 소름이 돋은 팔뚝을 문지르며 버스에 올라타는 사람들을 바라보았다. 버스에는 이미 양복 차림에 보험 설계사나 자동차 외판원처럼 보이는 사람들이 타고 있었다. 버스에 올라탄 사람들은 수상쩍게 보이는 그들 옆자리에 가 앉거나 아니면 따로 떨어져서 혼자 앉았다. 가벼운 인사를 나누는 모습도 보였다. 그 순간 나도 모르게 벌떡 일어섰다. 저들은 분명 안내자들과 마지막 관광객들이었다. 확실히 하기 위해 버스에 올라탄 사람의 수를 세었다. 사람들이 모두 타자 버스는 곧장 출발했다. 나는 버스가 멀어져가는 것을 보면서도 자리에서 뜰 수가 없었다. 이 마을의 뒷거래에 대해서는 이미 어느 정도 알고 있었지만 대낮에 공공연히 거래가 이뤄질 줄은 짐작도 못 했다. 버스가 도착하고 떠나는 동안 광장에서는 아무런 변화도 일어나지 않았다. 노점에서는 계속 핫도그를 팔았고, 가방을 멘 아이 한 명이 광장을 가로질러 뛰어갔으며, 비둘기들이 분수대 옆에 내려 앉았다가 날아올랐을 뿐이다.

추위는 더 이상 참을 수 없는 지경에 이르렀지만 나는 계속 노천카페의 테라스에 머물렀다. 중간에 주인이 다가와 누구를 기다리는 중이냐고 물었다. 나는 잠깐 동안 고민하다가 이내 고개를 저었다. 그는 내게 담요를 가져다주고는 다시 카페 안으로 들어 갔다. 아침 아홉 시에 출발했던 버스는 열두 시 정각에 다시 광장 으로 들어섰다. 나는 버스에서 내리는 사람들을 헤아렸다. 확실 히 아침에 탔던 승객보다 두 명이 줄어 있었다.

이튿날 나와 알비노 여자는 버스를 타고 호수로 향했다. 사실 알비노 여자와 같이 갈 필요는 없었다. 원래 계획은 나 혼자 조용 히 다녀오는 것이었다. 하지만 버스표를 구하러 여기저기를 수 소문하는 동안 어느새 여자가 내 몫의 표까지 사 들고 나타났다. "대체 버스표를 어디서 산 겁니까?" 천국행 티켓도 아닐 텐데 도 통 표를 구할 수 없었던 나는 퉁명스럽게 물었다. 여자는 어이 없다는 표정을 지으며 반문했다. "그럼 아무나 쉽게 탈 수 있을 거라 생각했어요?"

호수는 전혀 특별하지 않았다. 특별하기는커녕 너무나 평범해 보여 한심한 지경이었다. 넓고 크단 점만 빼면 어디서나 볼 수 있 는 흔한 호수였다. 다만 호수의 크기에 비해 찾아오는 사람이 적 어서 조금만 걷다 보면 곧 일행들이 보이지 않을 정도로 서로 멀 어질 수 있다는 점만은 달랐다. 확실히 '그 일'을 하기에는 안성 맞춤이었다. 우리는 말없이 호숫가를 걸었다. 우리와 달리 호수 까지 오는 동안 버스에 탄 사람들은 가볍게 떠들거나 심지어 웃음까지 터트렸다. 하지만 희한하게도 버스에서 내리자마자 둘씩 짝을 짓더니 묵묵히 입을 다문 채 서로 멀리 흩어졌다. 물론 버스에서 내리고 나서도 끝까지 활기차게 떠드는 사람들도 있었지만 극소수에 불과했다. 버스 안에서와 호수에 다다랐을 때의 전체적인 분위기에는 분명 큰 차이가 있었다.

한참을 걸어가다가 알비노 여자는 손가락으로 한 지점을 가리켰다. 작은 나룻배 여러 척이 묶여 있고 한 노인이 접이식 의자에 앉아 졸고 있었다. "이 배를 타고 가서?" 여자는 고개를 끄덕였다. "그래요. 설마 둘이서 호수 한가운데까지 헤엄쳐 갔다가 다시 한 사람만 돌아온다고 생각한 건 아니죠?" 여자는 노인에게 다가가더니 볼에 입을 맞추었다. 잠에서 깬 노인이 여자를 올려다보며 환하게 웃었다. 나는 좀 떨어진 거리에서 두 사람이 정답게 이야기 나누는 것을 지켜보았다. "여봐요, 어서 와요. 여기까지 왔으니 호수에는 나가봐야죠." 이미 노인은 기둥에 묶어놓은 배의 밧줄을 푸는 중이었다. 나는 노인을 도와 배를 밀어 호수에 띄웠다. 노인이 내 머리에 손을 얹더니 눈을 감고 뭐라고 중얼거리기 시작했다. "아저씨, 이 사람은 그냥 수색자예요." 여자가 웃으며 말하자 노인은 눈을 뜨고서 머쓱한 듯 머리를 긁었다. "그래? 그럼 조심해서 잘 다녀와. 약 같은 건 필요 없지?" 나는 직감으로 그가 말한 약이 이 일을 고통 없이 진행시켜줄 수면제나 마약 종류라는 것을 깨달았다. 그때 어디선가 무거운 물체가 풍덩 하고 물에 빠지는 소리가 아스라이 들려왔다. 호수 위에 떠 있던 한 무리의 철새 떼가 날아올랐다. 나는 말없이 호수 한가운데로 노를 저어 갔다. 우리 두 사람은 각자 서로 다른 방향으로 고개를 돌린 채 묵묵히 호수의 풍경을 감상했다.

마을은 다가오는 봄 축제의 전야제로 조금씩 들썩이기 시작했다. 거리에서 믿음을 전파하는 성경책들의 외침 소리도 점점 더 높아졌다. 이슬람 율법학자와 기독교 목사가 싸운 것도 그 무렵의 일이었다. 패싸움으로 번질 번한 그 주먹다짐은 정체를 알 수 없는 남자들의 제지로 큰 충돌 없이 끝났다. 경찰이 도착한 것은 이미 모든 소동이 끝난 뒤였다. 온몸에 흰 천을 두른 이상한 종교 집단이 소리 소문 없이 슬쩍 마을에서 사라진 것도 그즈음이었다. 대신 그 자리에 밤마다 가면을 쓰고 초를 든 채 거리를 행진하는 신흥종교가 들어섰다.

알비노 여자는 호수에 이어 해안절벽에도 나와 동행했다. 나는 알비노 여자가 준비해온 유리병에 나의 유서와 그녀에게 보내는 편지를 담아 북해에 던졌다. 이곳을 찾아오는 사람에게 그것은 하나의 관례였다. 편지지와 유리병 값은 모두 합쳐 20달러였다. 딱히 별다른 감흥은 없었다. 이곳에서 벌어지는 모든 일에 나는 이미 심드렁해져 있었다. 그동안에도 광장에서는 어김없이 하루에 두 차례씩 호수를 향해 버스가 떠났다. 나는 다시 버스가 돌아올 때마다 승객 수를 확인했다. 승객 수가 변하지 않는 날도 있었지만 대개 적은 날에는 한 명에서 많은 날에는 다섯 명 이상 차이가 났다. 그 풍경을 쳐다보는 일 이외에 내가 딱히 해야 할 일이 있는 것도 아니었다. 그녀에 대해서는 더 이상 단서를 찾을 수 없었다. 시청이며 우체국, 경찰서는 이미 몇 번이나 방문한 터였고 나와 같은 수색자를 만나 이야기를 나눈 것도 여러 차례였다. 하지만 나의 질문에 모두가 고개를 저었다.

"이제 시간이 다 됐어요." 알비노 여자의 말에 나는 말없이 고개를 끄덕였다. 스틱스의 주인은 컵을 닦으며 이따금 우리 쪽을 훔쳐보았다. 아직 이른 시간이라 우리를 제외하고는 손님이 없어 가게 안은 을씨년스러웠다. 나는 두 손으로 얼굴을 문지른 뒤 의자 등받이에 몸을 기댔다. 어제부터 온몸에서 감기 기운이 느껴지는 것이 몹시 피곤했다. "몸이 많이 안 좋아 보이네요. 감기라도 걸렸어요?" 알비노 여자가 그렇게 묻기는 했지만 진심으로 걱정한다는 느낌은 담겨 있지 않았다. 내가 가게의 천장을 올려다보자 여자는 테이블 한쪽 끝을 두어 번 가볍게 두드렸다. "타이머가 영이 됐어요. 이제 금고를 열 시간인 거죠." 대체 그 시간을 누가 정해놓은 것인지 궁금했다. 여자는 그녀의 부탁이라고 말했지만 정말 한 달이란 시간을 그녀가 결정했는지는 확인할 길이 없었다. 모든 것이 불분명하고 미심쩍은 상황이었지만 나는 그녀에게 보관료로 100달러를 지불했다. "자, 받아요. 그녀가 내게 맡긴 당신 물건." 여자는 길쭉한 상자 하나를 내밀었다. 어디선가 본 듯한 낯익은 상자였다. 나는 열이 점점 심해지는 것을 느끼며 상자를 열었다. 다음 순간 나도 모르게 몸을 앞으로 구부려 그녀가 남긴 물건을 뚫어져라 들여다보았다. "스윈들 나무예요." 여자는 물건을 다시 한 번 확인시켜주었다. 내가 마을에 도착한 다음 날 10달러를 주고 산 스윈들 나무 모형이 두 개가 된 셈이다. "그거 알아요?" 알비노 여자는 내게 몸을 기울인 다음 낮은 목소리로 마을의 비밀 한 가지를 이야기해주었다. "사실 지금의 스윈들 나무는 가짜예요. 진짜는 십 년 전에 벼락에 맞아서 다 타버렸어요. 현재 서 있는 나무는 그 뒤에 옮겨 심은 거죠. 빗금도 옮겨 심은 날 다시 새로 그은 거예요." 그러고 나서 여자는 재미있다는 듯이 살짝 웃었다. 한 달 가까이 기다린 끝에 내가 그녀에게서 받은 것이라고는 스윈들 나무 모형이 전부였다. 그것도 십 년 전에 진짜는 불타버리고 그 후에 옮겨 심은 가짜 나무의 모조품이었다. 진짜 스윈들 나무는 이미 이 세상에 존재하지 않는다는 사실을 그녀는 알고 있었을까. 나는 알비노 여자에게 이것저것을 묻고 싶었지만 차마 그럴 수 없었다. 이곳으로 오기 전 그녀가 내게 들려준 말이 떠올랐다. '진짜 나는 어디에도 없는 것 같아. 혹시 알아? 내가 누군가의 모조품일지.'

내가 말없이 나무 모형만 만지작거리자 알비노 여자는 한숨을 쉬더니 어깨를 으쓱해 보였다. 그런 다음 내게 마지막 인사를 건네고 일어섰다. "남은 여행, 즐겁게 보내요." 그것은 비단 이곳에서만의 작별 인사가 아닌 것처럼 들렸다. 내가 다시 고개를 들었을 때 알비노 여자는 이미 자리를 떠난 후였다. 내 주위에는 아무도 없었다. 심지어 펍의 주인도 자리를 비웠는지 보이지 않았다. 창유리로 거리를 내다보니 봄 축제에 쓰일 나뭇가지 장식을 든 소녀가 걸어가는 것이 보였다. 시선을 느낀 소녀는 멈춰 서서 나를 바라보고는 싱긋 웃었다. 그녀를 일곱 살 혹은 여덟 살 때 만났다면 저런 모습이지 않을까. 내가 소녀를 향해 손을 흔들어줄지 말지를 망설이는 동안 소녀는 돌아서서 자신의 그림자를 앞세우며 길 건너로 뛰어갔다. 그 모습이 마치 자신의 그림자에 끌려가는 듯했다. 나는 소녀가 골목을 돌아 사라진 뒤에도 오랫동안 나무 모형을 손에 쥔 채 앉아 있었다.

박화영 1977년 광주에서 태어났다. 상명대 소프트웨어학과와 서울예대 문예창작과를 졸업했으며 2009년 《세계일보》 신춘문예에 단편 「공터」가 당선돼 등단했다.